WOL
Piglet
POOH.
Christopher Robin

THE HOUSE AT POOH CORNER BY A. A. MILNE WITH DECORATIONS BY ERNEST H. SHEPARD

METHUEN & CO. LTD. 36 ESSEX STREET
LONDON W.C.

First Published in 1928

PRINTED IN GREAT BRITAIN

푸 모퉁이에 있는 집
THE HOUSE AT POOH CORNER

앨런 알렉산더 밀른 지음
어니스트 H. 셰퍼드 그림 | 박혜원 옮김

더스토리

당신은 나에게 크리스토퍼 로빈을 주었어요.

그리고 푸에게 새로운 생명을 불어넣었지요.

이 둘이 가진 것은 무엇이든 나의 펜 끝을 떠나

둥지로 돌아가듯 당신에게로 되돌아가요.

나의 책이 준비를 마치고 인사를 하려 하네요,

보고 싶었던 엄마에게.

이 책은 내가 사랑하는 당신에게 주는 선물이랍니다.

하지만 어쩌면 당신이 나에게 주는 선물인지도 모르겠네요.

반문

서문*이란 등장인물을 소개하는 글이다. 하지만 크리스토퍼 로빈과 푸는 이미 여러분과 인사를 했으니 이제 작별을 고할 차례다. 그러므로 이건 반대의 글이다. 푸에게 서문의 반대말이 뭐냐고 묻자 "뭐에 뭐?"라고 되물었다. 푸의 대답은 기대했던 만큼 도움이 되지는 않았지만, 다행히 아울이 침착하게 서문의 반대말은 (잘 들어라, 푸야) **반문****이라고 우리에게 알려 주었다. 아울이야 워낙 긴 단어에 능통하니, 그 말이 맞을 것이다.

내가 반문을 쓰는 이유는, 지난주에 크리스토퍼 로빈이 내게 "푸한테 어떤 일이 벌어졌는지 얘기해 주기로 하신 거

* 'introduction(서문)'을 'introduce(소개하다)'의 의미로 풀이했다.

** '물음에 대답하지 않고 되받아서 묻는 행동, 또는 그 물음'을 의미한다. 그래서 저자는 자신이 크리스토퍼 로빈에게 반문했던 이야기를 해주고 있다.

요. 그때 왜……"라고 말했을 때, 내가 다짜고짜 "구 곱하기 백칠이 뭐게?" 하고 되물었기 때문이다. 이 문제를 풀고 난 다음에는 젖소와 관련된 문제를 냈다. 일 분에 젖소 두 마리씩 지나갈 수 있는 문이 있다. 들판에 있던 젖소 삼백 마리가 이 문을 통과해서 가버린다면, 한 시간 삼십 분 뒤 들판에는 모두 몇 마리의 젖소가 남아 있을까? 문제풀이는 아주 흥미진진했다.

그렇게 흥미가 넘쳐흐를 즈음, 우리는 몸을 웅크리고 잠들었고…… 우리 베개 옆 의자에 앉아 좀 더 늦게까지 잠을 이루지 못하던 푸는 혼자서 **아무것도 아닌 일들로 웅장한 사색**을 펼치다가 역시 스르르 눈을 감고 꾸벅꾸벅 고개를 떨어뜨렸다. 그리고 까치발을 들고 우리를 따라와서 **숲속**으로 들어왔다. 그곳에서 우리는 여전히 마법 같은 모험들을 경험한다. 내가 여러분에게 들려주었던 그 어떤 이야기보다 더 놀라운 모험들이다. 하지만 아침이 되어 잠에서 깨어나면 모험은 어느새 사라져 버린다. 지난 모험은 어떻게 시작되었더라?

"어느 날 푸가 숲속을 걷고 있는데, 젖소 백일곱 마리가 문 앞에서……."

아니다. 보다시피 우린 그 이야기를 놓쳤다. 내 생각에는 그 이야기가 제일 흥미진진했는데. 어쨌든 다른 이야기 몇 가지가 있는데, 이제부터 이 이야기들을 기억해 두자. 그렇지만 물론 이게 진짜로 안녕은 아니다. 숲은 언제나 그곳에 있으니까…… **곰돌이들과 친한 사람**이라면 누구나 그 숲을 찾아낼 수 있으므로.

A. A. M.

Contents

1

푸 모퉁이에 이요르의 집을 지었어요

달리 할 일이 없던 어느 날, 곰돌이 푸는 뭔가를 해야겠다는 생각이 들었어. 그래서 피글렛은 뭘 하고 있는지 알아보려고 피글렛네 집에 들렀지. 아직 눈이 날리는 하얀 숲길을 터벅터벅 걸으면서, 푸는 피글렛도 따뜻한 난롯가에서 발가락을 녹이고 있을 거라고 생각했어. 그런데 놀랍게도 피글렛네 집 문이 열려 있지 뭐야. 집 안을 아무리 들여다보고 또 들여다보아도 피글렛의 그림자조차 찾을 수 없는 거야.

푸는 실망했지.

"밖에 나갔네. 그렇잖아. 지금 집에 없으니까. **빨리 걸으면서 생각하기**는 나 혼자 해야겠네. 이게 뭐람!"

하지만 우선 푸는 문을 쾅쾅 크게 두드려서 *확실히* 확인해야겠다고 생각했지…… 그리고 피글렛이 대답하지 않을 동안 기다리면서 추위를 이기려고 팔짝팔짝 뛰는데, 문득 콧노래 하나가 머릿속에 떠올랐어. 푸는 그 노래가 '좋은 콧노래' 같았어. 남들한테 불러주고 싶을 만큼 말이야.

눈이 펑펑 내릴 땐
(티들리 팜),
계속해서 자꾸자꾸
(티들리 팜),
계속해서 자꾸자꾸
(티들리 팜),
눈이 펑펑 더 오네.
그렇지만 아무도 몰라
(티들리 팜),
내 발가락이 꽁꽁
(티들리 팜),

내 발가락이 꽁꽁

(티들리 팜),

얼마나 시려지는지.

“그럼 난 뭘 할 거냐면, 이렇게 할 거야. 우선 집에 가서 몇 시인지 보고 나서 목에다가 목도리를 두르든지 하고, 그런 다음 이요르한테 가서 이 노래를 불러 줘야지.”

푸는 서둘러 자기 집으로 돌아갔어. 집으로 돌아가는 길에 내내 이요르에게 노래를 들려줄 준비를 하느라 푸는 다른 생각을 할 겨를이 없었지. 그래서 푸가 제일 좋아하는 안락의자에 앉아 있는 피글렛을 딱 마주쳤을 때는, 그 자리에 멈춰 서서 머리를 문지르면서 내가 누구네 집에 왔더라 하고 궁금해졌단다.

“피글렛, 안녕. 난 네가 밖에 나간 줄 알았어.”

그러자 피글렛이 이렇게 말했어.

“아닌데. 밖에 나갔던 건 너지, 푸.”

“그랬지. 나간 게 너 아니면 나라는 건 알고 있었어.”

푸는 시계를 쳐다보았어. 시계는 몇 주 전부터 열한 시 오 분 전에 멈추어 서 있었지. 푸는 행복해졌어.

“열한 시가 거의 다 됐네. 마침 뭔가 조금 먹을 시간인데 잘 왔어.”

푸는 찬장 속으로 머리를 집어넣었어.

“먹고 나서 나가자, 피글렛. 이요르한테 가서 내 노래를 불러줄 거야.”

“무슨 노래, 푸?”

푸는 설명을 해주었지.

"우리가 이요르한테 불러 줄 노래야."

삼십 분 후에 푸와 피글렛이 집을 나설 때도 시계는 여전히 열한 시 오 분 전을 가리키고 있었지. 바람은 이미 잠잠해졌고, 서로 앞다투어 빙빙 휘몰아치던 눈도 이젠 지친 듯이 사뿐사뿐 떨어지며 쉴 곳을 찾아 내려앉았어. 가끔씩 푸의 콧등 위로 내려앉는 눈도 있었고, 콧등이 아닌 다른 자리에 내려앉는 눈도 있었지. 얼마 안 가 피글렛이 두른 목도리도 하얗게 눈에 덮였어. 피글렛은 귀 뒤에 이렇게 눈이 많이 쌓인 건 처음 같았어.

"푸."

급기야 피글렛이 입을 열었는데, 푸한테 포기하는 것처럼 보이기 싫어서 주뼛주뼛 말을 꺼냈지.

"그냥 생각해 본 건데, 지금 집에 가서 네 노래를 연습한 다음 이요르한테는 내일이나…… 아니면…… 아니면 그 다음날, 다니다가 이요르를 마주쳤을 때 불러 주는 게 어떨까?"

"그거 참 좋은 생각이다, 피글렛. 연습을 하면서 가는 거야. 그렇지만 노래를 연습하러 집에 가는 건 아무 소용이 없어. 왜냐하면 이 노래는 특별히 '꼭 눈을 맞으면서 집 밖에서 불러야 하는 노래'거든."

"정말이야?"

피글렛은 걱정스레 물었어.

"그럼, 피글렛. 들어 보면 너도 알 거야. 노래가 이렇게 시작하거든. 눈이 펑펑 내릴 땐, 티들리 팜……."

"티들리 뭐라고?"

"팜. 더 신나게 하려고 집어넣은 거야. 자꾸자꾸 계속해서, 티들리 팜, 자꾸자꾸……."

"눈이 펑펑 내리면 아니야?"

"맞아. 그런데 그건 더 앞이야."

"티들리 팜 앞?"

"그건 *다*른 티들리 팜이고."

푸도 말하면서 머릿속이 뒤죽박죽이 되는 것 같았지.

"너한테 노래를 끝까지 한 번 들려줄게. 그럼 무슨 말인지 알 거야."

푸는 다시 노래를 불렀어.

눈이 펑펑
내릴 땐 티들리 팜,
계속해서
자꾸자꾸 티들리 팜
계속해서
자꾸자꾸 티들리 팜
눈이 펑펑
더 오네.

그렇지만 아무도
몰라 티들리 팜,

내 발가락이

꽁꽁 티들리 팜

내 발가락이

꽁꽁 티들리 팜

얼마나

시려지는지.

노래를 이렇게 부르고 보니 이게 훨씬 더 듣기에 좋았지. 노래를 다 부르고 나서 푸는 피글렛이 '내가 들어본 *눈 오는 날 집 밖에서 부르는 노래* 중에 제일 좋아' 하고 말해 주길 기다렸단다. 피글렛은 노래를 곰곰이 생각해 본 뒤에 진지하게 말했어.

"푸, 발가락보다는 귀가 훨씬 더 시려."

이때쯤 둘은 **이요르의 우울한 장소**에 가까워지고 있었단다. 피글렛은 귀 뒤에 여전히 눈이 많이 쌓여 있었고 점점 눈이 질리기 시작했어. 그래서 둘은 작은 소나무 숲 쪽으로 방향을 바꿔서 숲속으로 들어가는 문 위에 주저앉았어. 이제 머리 위로 눈은 떨어지지 않았지만 굉장히 추웠어. 추위를 떨치려고 푸가 만든 노래를 둘이서 여섯 번이나 이어 불렀으

니까. 피글렛이 티들리 팜 부분을 부르고 푸가 나머지 부분을 불렀는데, 둘은 노래를 부르면서 적당한 대목마다 나뭇가지로 문 윗부분을 두드렸지. 오래지 않아 몸이 훨씬 따뜻해져서 둘은 다시 대화를 할 수 있게 되었단다.

푸는 말했어.

"쭉 생각을 해봤는데 내가 생각한 건 이거야. 난 이요르를 생각하고 있었거든."

"이요르가 왜?"

"그러니까, 가엾은 이요르는 살 곳이 아무 데도 없잖아."

"아무 데도 없지."

"피글렛 너도 집이 있고, 나도 집이 있고, 또 우리가 사는 집은 아주 훌륭해. 그리고 크리스토퍼 로빈도 집이 있고, 아울하고 캥거하고 래빗도 집이 있어. 심지어 래빗의 **친친**(친구와 친척)들도 집이나 그 비슷한 게 있단 말야. 하지만 가엾은 이요르한테는 아무것도 없어. 그래서 내가 생각한 건 '이요르한테 집을 지어 주자'는 거야."

"아주 근사한 생각이야. 집은 어디에다 지을까?"

"여기에 짓는 거야. 이 숲 바로 옆에다가. 여긴 바람도 들지 않잖아. 여기가 내가 생각했던 곳이거든. 그리고 이곳을 **푸 모퉁이**라고 부르는 거야. 그러니까 우린 나뭇가지로 이요르를 위해서 푸 모퉁이에 이요르네 집을 짓는 거지."

"숲 반대편에 나뭇가지가 한 무더기 있던데. 내가 봤거든. 아주 많아. 전부 차곡차곡 포개져 있었어."

"피글렛, 고마워. 네가 해준 이야기는 우리한테 대단한 도움이 될 거야. 그럼 이 장소를 **푸와 피글렛 모퉁이**라고 해도 괜찮을 텐데. 푸 모퉁이가 더 멋지게 들리지만 않으면 말이야. 그런데 푸 모퉁이가 더 멋지게 들리잖아. 좀 더 아늑한

느낌도 들고 구석 같은 느낌도 있고. 가보자."

둘은 문에서 내려와 나뭇가지를 가지러 숲 반대편으로 갔어.

크리스토퍼 로빈은 아프리카에 다녀오느라 아침 내내 집에 머물렀단다. 이제 막 배에서 내려서 바깥 상황은 어떤지 궁금하던 차였는데 누가 문을 두드리는 거야. 바로 이요르였어.

크리스토퍼 로빈이 문을 열고 밖으로 나가며 인사했어.

"이요르, 안녕. 잘 지내니?"

"눈이 계속 내려." 이요르는 우울하게 말했어.

"그렇구나."

"게다가 꽁꽁 얼어붙을 것처럼 추워."

"그러니?"

이요르는 조금 밝은 목소리로 이렇게 덧붙였어.

"그래도 요사이에 지진은 나지 않았지."

"이요르, 무슨 일 있니?"

"아무 일 없어, 크리스토퍼 로빈. 별일은 아니고. 너도 어디서든 집이나 뭐 그런 건 보지 못했겠지?"

“무슨 집 말이야?”

“그냥 집.”

“누가 사는 집?”

“내가 사는 집. 적어도 난 그렇게 생각했거든. 그런데 아닌가 봐. 어쨌든 모두가 다 집을 가질 순 없으니까.”

“하지만 이요르, 난 몰랐어…… 내가 알기론 줄곧…….”

“나도 어떻게 된 건지 몰라, 크리스토퍼 로빈. 하지만 고드름이니 뭐니 하는 것들은 말할 것도 없고, 이 엄청난 눈이며 이런저런 것들만 보아도, 내가 사는 들판은 새벽 세 시에 다른 사람들이 생각하는 것처럼 그렇게 *덥지* 않아. 무슨 말인지 알겠지만, 그것 때문에 불편할 정도는 아닌데 *전혀 덥지* 않지. 갑갑하지도 않아. 크리스토퍼 로빈, 사실은 말이

야……."

그러더니 이요르는 큰 소리로 속삭여 말했어.

"너한테만하는말이니까아무한테도말하지마사실은……*추워*."

"아, 이요르!"

"난 혼자 속으로 생각해. 내가 이렇게 추위에 떤다고 하면 다른 친구들도 안됐다고 할 거라고. 걔네들은 머릿속에 뇌도 없고, 어쩌다가 바람에 날려 들어간 회색 솜털들뿐이라 *생각*이란 것도 없지만, 만약 앞으로도 여섯 주가 넘도록 눈이 계속 내린다면 누구 하나는 '이요르가 새벽 세 시쯤에 그렇게 *더울* 리 없어' 하고 말할 거야. 그러고 나면 *말이 퍼지겠지*. 그럼 친구들은 날더러 *안됐다*고 할 테고."

"아, 이요르!"

크리스토퍼 로빈은 이미 정말 안됐다고 생각하고 있었지.

"네 얘기를 하는 건 아니야, 크리스토퍼 로빈. 넌 다르지. 그래서 결국 난 내 작은 숲 옆에다 직접 집을 지었어."

"정말 그랬어? 굉장하다!"

이요르는 더없이 침울해진 목소리로 말했어.

"진짜 굉장한 건, 오늘 아침에 내가 나올 땐 그게 거기 있었는데, 돌아가 보니 집이 없더라는 거야. 흔적도 없었어. 당연하지. 고작 이요르의 집일 뿐이니까. 그렇지만 난 여전히 궁금했어."

크리스토퍼 로빈은 가만히 서서 궁금해 하기만 하지 않았어. 벌써 자기 집으로 돌아가서 최대한 재빨리 방수 모자를 쓰고, 방수 장화를 신고, 방수 비옷을 입었지.

그러고 나서 이요르에게 큰 소리로 말했어.

"당장 가서 찾아보자."

"가끔 사람들이 남의 집을 훔쳐갔다가 마땅찮은 부분이 한두 가지 있으면 주인이 도로 가져가는 게 오히려 기쁠 때도 있는 법이거든. 그래서 내가 생각한 건 우리가 그냥 가서……."

"어서."

둘은 서둘러 길을 나섰어. 이내 둘은 소나무 숲 옆의 들판 모퉁이에 다다랐어. 이요르의 집은 더 이상 그곳에 없었지.

"저 봐! 나뭇가지 한 개도 남은 게 없어! 물론 여전히 이렇게 눈이 잔뜩 쌓여 있고, 난 이 눈을 가지고 내가 하고 싶은 걸 할 수 있어. 불평해선 안 되겠지."

하지만 크리스토퍼 로빈은 이요르의 말을 듣고 있지 않았어. 다른 데서 들리는 어떤 소리에 귀를 기울이고 있었거든.

크리스토퍼 로빈이 물었어.

"저 소리 들리니?"

"저게 뭐지? 누가 웃고 있나?"

"잘 들어봐."

둘이 귀를 기울이자…… 눈이 펑펑 내릴 땐 자꾸자꾸 눈이 더 온다고 흥얼거리는 걸걸한 듯 우렁찬 목소리와, 사이사이에 티들리 팜이라고 추임새를 넣는 작고 높은 목소리가 들렸지. 크리스토퍼 로빈은 신나서 말했어.

"푸야."

"그럴 수 있지."

크리스토퍼 로빈은 다시 신나게 외쳤어.

"피글렛하고!"

"그런 것 같군. 지금 필요한 건 훈련이 잘 된 경찰견인데."

갑자기 노랫말이 바뀌었어!

걸걸한 목소리가 노래했지.

"우리가 *집*을 다 지었어!"

찍찍거리는 목소리도 노래했어.

"티들리 팜!"

"아름다운 *집*이야……."

"티들리 팜……."

"이 집이 *내 집*이면 좋겠어……."

"티들리 팜……."

"푸!"

크리스토퍼 로빈이 큰 소리로 부르자…… 문 위에서 노래하던 둘은 그대로 멈추었어.

푸가 신이 나서 말했어.

"크리스토퍼 로빈이다!"

피글렛이 말했지.

"크리스토퍼 로빈이 우리가 이 나뭇가지들을 가져왔던 곳 근처에 있어."

"가자."

둘은 문에서 내려와 소나무 숲 모퉁이를 재빨리 돌아갔어. 푸는 가는 내내 반가움에 환호성을 질렀지.

푸는 크리스토퍼 로빈을 끌어안았다가 떨어지면서 말했어.

"어. 이요르도 왔네."

그러고는 피글렛 옆구리를 쿡 찔렀어. 피글렛도 푸 옆구리를 쿡 찔렀고. 둘은 자기들이 얼마나 근사한 깜짝 선물을 준비해 두었는지 생각하고 있었거든.

"이요르, 안녕."

이요르는 우울하게 말했어.

"너도 안녕, 곰돌이 푸. 목요일에는 두 배로 안녕해라."

푸가 "목요일에 왜?" 하고 묻기도 전에 먼저 크리스토퍼 로빈은 이요르가 집을 잃어버린 슬픈 사정을 설명했어. 푸와 피글렛은 그 말을 가만히 들었지. 들으면서 둘 다 눈이 점점 더 휘둥그레 커지는 듯 보였어.

푸가 물었어.

"그게 어디 있었다고?"

이요르는 대답했지.

"바로 여기였어."

"나뭇가지로 만든 집이?"

"그래."

피글렛은 말했어.

"오!"

이요르가 말했어.

"뭐라고?"

"그냥 '오!' 한 거야."

피글렛은 안절부절못하며 말했어. 그러고는 아무렇지도 않은 것처럼 보이려고 티들리 팜을 한두 번 정도 흥얼거렸지. '이제 우리 어떻게 하지' 하고 말하고 싶은 것처럼 말이야.

푸가 말했어.

"그게 정말 집이었어? 아니, 그러니까, 그 집이 여기 있었던 게 확실한 거야?"

"물론이야."

이요르는 이렇게 말하고는 혼자 웅얼거렸어.

"정말 머리가 나쁘다니까. 다 그런 건 아니지만."

크리스토퍼 로빈이 물었어.

"왜 그래? 푸, 무슨 문제라도 있니?"

푸가 머뭇머뭇 말했어.

"그게……."

"사실……."

"그게, 사실은……."

"있잖아……."

"그게 이런 거거든……."

푸는 말하면서, 설명이 잘 되고 있지 않다는 느낌이 들어서 피글렛 옆구리를 다시 쿡 찔렀지. 그러자 피글렛이 얼른 말을 이었어.

"그게 이런 건데……."

피글렛은 깊이 생각을 더 해본 다음 덧붙였어.

"그냥 더 따뜻해서."

크리스토퍼 로빈이 물었어.

"뭐가 더 따뜻한데?"

"숲 저쪽 말이야. 이요르 집이 있는 곳."

이요르가 말했어.

"내 집이라고? 내 집은 여기에 있었어."

피글렛은 단호하게 말했지.

"아니야. 숲 저쪽에 있었어."

푸도 말했어.

"더 따뜻하니까."

"하지만 내가 알기로는……."

"가보자."

피글렛은 말을 툭 던지고는 앞장서서 걸었어.

푸는 말했어.

"집이 둘이나 있지는 않지. 그것도 그렇게 가까이에 말이야."

넷이 숲 모퉁이를 돌아가니 이요르의 집이 아주 편안해 보이는 모습으로 그곳에 있었어.

피글렛이 말했어.

"자, 여기 있어."

푸는 으쓱했지.

“바깥만 있는 게 아니라 안도 있어.”

이요르는 안으로 들어갔다가…… 다시 밖으로 나왔어.

“희한한 일이네. 내 집이 맞아. 난 아까 내가 말했던 곳에다가 집을 지었거든. 바람이 불어서 집이 여기까지 날아왔나 봐. 그러니까 바람이 숲 너머로 집을 날려서 이곳까지 보

낸 거고, 그래서 여기 이렇게 아까하고 다름없는 모습으로 서 있는 거야. 사실 군데군데 더 나아진 것 같기도 해."

푸와 피글렛이 입을 모아 말했어.

"훨씬 낫지."

이요르는 말했어.

"이것만 봐도 조금만 수고하면 어떤 일을 할 수 있는지 알 수 있지. 푸, 보이니? 보여, 피글렛? 첫째가 *머리*고, 그 다음은 *노력*이야. 저걸 봐! 집은 바로 저렇게 짓는 거거든."

이요르는 우쭐했지.

그래서 셋은 이요르를 집 안에 두고 나왔어. 크리스토퍼 로빈은 푸와 피글렛과 함께 점심을 먹으러 돌아오는 길에 둘이 저지른 *고약한 실수* 이야기를 들었어. 크리스토퍼 로빈이 크게 웃고 나서, 셋은 다 함께 *눈 오는 날 집 밖에서 부르는 노래*를 부르면서 집까지 걸어갔단다. 피글렛은 아직 자기 목소리에 별로 자신이 없어서, 이번에도 티들리 팜만 불렀지.

피글렛은 혼자 중얼거렸어.

"나도 이게 쉬워 보인단 건 알아. 하지만 그렇다고 모두가 다 할 수 있는 건 아니라고."

2

티거가 숲으로 와서 아침을 먹었어요

위니 더 푸는 한밤중에 벌떡 일어나 귀를 기울였어. 침대에서 내려와 초에 불을 붙이고, 누가 꿀을 넣어둔 찬장에 들어가려고 하는 건 아닌지 보려고 방을 쿵쿵 건너갔지. 푸는 아무도 없다는 걸 확인하고 터벅터벅 돌아와서 촛불을 끄고 침대에 누웠어. 그런데 다시 무슨 소리가 들리는 거야.

"피글렛, 너니?"

하지만 피글렛은 아니었어.

"크리스토퍼 로빈, 들어와."

하지만 크리스토퍼 로빈이 온 것도 아니었지.

푸는 졸린 목소리로 말했어.

"이요르, 그건 내일 얘기해."

그런데도 소리는 멈추지 않았어.

"*워로우워로우워로우워로우워러.*"

뭔지는 모르지만 **그게 뭐든**이 내는 소리를 듣고, 푸는 도저히 잠들 수 없다는 걸 깨달았어.

"저게 뭐지? 숲속엔 온갖 소리가 많지만 이건 달라. 이건 으르렁거리는 소리도 아니고, 가르랑거리는 소리도 아니고, 짖는 소리도 아니야. 시를 지으려고 준비하면서 내는 소리도 아니고. 이건 어떤, 모르는 동물이 내는 소리야! 그 모르는 동물이 내 집 문밖에서 소리를 내고 있는 거야. 그럼 내가 일어나서 그 동물한테 소리를 내지 말라고 부탁해야겠다."

푸는 침대에서 일어나서 대문을 열었어.

밖에 뭐든 있을지도 모르니, 푸는 일단 인사를 했지.

"안녕!"

그게 뭐든이 인사했어.

"안녕!"

푸도 인사했어.

“아! 안녕!”

“안녕!”

푸가 말했어.

“아, 거기 있구나! 안녕!”

모르는 동물은 이 말을 언제까지 더 해야 하나 생각하면서 인사했어.

“안녕!”

푸는 네 번째로 ‘안녕!’ 하고 말하려다가, 그러지 말아야겠다 생각하고 대신 이렇게 말했어.

"거기 누구야?"

목소리가 대답했지.

"나야."

푸가 말했어.

"아! 어쨌든. 이리 와."

그래서 **그게 뭐든**이 이리로 왔고, 촛불 불빛을 사이에 둔 푸와 **그게 뭐든**은 서로를 쳐다보았어.

"나는 푸야."

"나는 티거야."

"오!"

푸는 이렇게 생긴 동물은 태어나서 처음 보는 거였거든.

"크리스토퍼 로빈은 너를 알아?"

"당연히 알지."

"어쨌든 지금은 한밤중이야. 한밤중은 잠을 자기에 딱 알맞은 시간이고. 내일 일어나면 아침으로 꿀을 좀 먹자. 티거들도 꿀 좋아해?"

티거는 명랑하게 말했지.

"티거는 뭐든지 좋아해."

"그럼 혹시 바닥에서 자는 것도 좋아한다면 나는 다시 침대로 갈게. 다른 일들은 내일 아침에 하자. 잘 자."

푸는 침대로 돌아가서 금세 곤히 잠들었단다.

푸가 아침에 일어나자마자 제일 먼저 눈에 들어온 건 티거였어. 티거는 거울 앞에 앉아서 자기 모습을 들여다보고 있었지.

푸가 말했어.

"안녕!"

"안녕! 나랑 똑같이 생긴 친구를 발견했어. 나는 나 혼자 남은 줄 알았는데."

푸는 침대에서 일어나서 거울을 보면 어떻게 되는지 설명하기 시작했어. 그리고 이제 막 재미있는 부분을 이야기하려고 하는데, 티거가 말했지.

"잠깐 기다려 봐. 뭔가가 네 식탁을 기어오르고 있어."

티거는 우렁차게 "*워로우워로우워로우워로우워러*" 하는 소리를 내면서 식탁보 끝자락으로 뛰어올라 바닥으로 끌어내리더니, 그 식탁보로 몸을 세 겹이나 둘둘 말고 방 반대쪽으로 데굴데굴 굴러갔어. 그렇게 사투를 벌인 끝에 다시금 밝은 곳으로 머리를 쏙 빼들고는 활기차게 말했지.

"내가 이긴 거야?"

"그건 내 식탁보야."

푸는 티거를 식탁보에서 풀어 주었어.

"뭔지 궁금했어."

"식탁보는 식탁에 깔고, 그 위에 물건을 올려놓는 거야."

"그럼 난 쳐다보지도 않았는데 왜 나를 물려 든 거야?"

"물려고 한 건 아닌 것 같아."

"물려고 했어. 내가 너무 재빨라서 물리진 않았지만."

푸는 식탁에다가 다시 식탁보를 깔고 나서, 큼지막한 꿀단지를 그 위에 올렸어. 그리고 티거와 함께 아침을 먹기 위해 자리에 앉았지.

자리에 앉자마자 티거는 꿀을 듬뿍 떠서 입에 넣고……

천장을 쳐다보며 머리를 갸울였어. 그러고는 혀로 맛을 살피고 조사하는 소리를 내다가, 다음으로 깊이 음미하는 소리를 냈고, 그 다음에는 '이 물건이 대체 뭘까' 하는 소리를 내더니, 판단이 확실히 섰다는 목소리로 이렇게 말했어.

"티거들은 꿀을 좋아하지 않아."

"아!"

푸는 아쉽고 서운해서 그런 소리를 낸 것처럼 보이려고 애를 썼어.

"티거들은 뭐든지 다 좋아하는 줄 알았어."

티거는 말했어.

"꿀만 빼고 뭐든지 다야."

푸는 이 말을 듣고 오히려 기분이 좋아져서, 자기가 아침을 다 먹으면 곧바로 피글렛네 집에 데려다주겠다고 말했어. 피글렛한테 꾸토리*가 있으니까 먹어보라면서 말이야.

"푸, 고마워. 꾸토리는 정말로 티거들이 제일 좋아하는 음식이거든."

그래서 아침을 먹은 다음 둘은 피글렛네 집으로 갔어. 가는 동안 푸는 피글렛이 아주 작은 동물이고, 통통 튀어 다니는 걸 좋아하지 않는다고 설명하고 나서, 처음에만이라도 너무 튀어 다니지 말아 달라고 부탁했어. 티거는 나무 뒤에 숨었다가 푸의 그림자가 자기를 보지 않으면 그 위로 껑충 뛰어나와 밟기를 반복하면서, 티거들은 아침을 먹기 전에만 튀어 다니지 꾸토리를 몇 알만 먹어도 즉시 얌전하고 정중하게 변한다고 말했어. 그렇게 얼마 가지 않아 둘은 피글렛네 집 문을 두드렸어.

피글렛이 말했어.

* 푸는 '꿀'을 좋아해서 '도토리'를 발음할 때 늘 헷갈려 한다.

"푸, 안녕."

"피글렛, 안녕. 이쪽은 티거야."

"아, 그래?"

피글렛은 그렇게 말하더니, 식탁을 빙 돌아 건너편으로 가서 섰어.

"난 티거들은 좀 더 작은 동물인 줄 알았는데."

티거는 말했어.

"큰 티거들은 작지 않아."

"티거들은 꾸토리를 좋아해. 그래서 우리가 여기에 온 거야. 가엾은 티거가 아직 아침을 아무것도 못 먹었거든."

피글렛은 꾸토리가 담긴 그릇을 티거 앞으로 밀어 주었지.

"많이 먹어."

그런 다음 푸한테 가서 옆에 바짝 붙어 서니 훨씬 용기가 나서 별일 아니라는 목소리로 말했단다.

"네가 티거라고? 그래, 그렇구나!"

하지만 티거는 아무 말도 하지 않았어. 입에 꾸토리를 가득 물고 있었거든…….

한참 동안 우두둑우두둑 깨무는 소리만 내던 티거가 말했어.

"이어으 오오이 오아아이아."

푸와 피글렛이 "뭐라고?" 하고 묻자, 티거는 "아깡앙" 하고 말한 뒤 잠깐 밖으로 나갔지.

다시 돌아온 티거는 단호한 말투로 말했어.

"티거는 꾸토리를 좋아하지 않아."

푸는 말했어.

"그렇지만 네가 꿀만 빼고 뭐든지 다 좋아한다고 했잖아."

티거는 변명을 했지.

"꿀하고 꾸토리만 빼고 뭐든지 다야."

푸는 "아, 그렇구나!" 하고 말했고, 티거가 꾸토리를 좋아하지 않아서 내심 기뻤던 피글렛은 "엉겅퀴는 어때?"라고 물었지.

티거는 말했어.

"엉겅퀴는 티거가 제일 좋아하는 거야."

피글렛이 말했어.

"그럼 나가서 이요르한테 가보자."

그래서 셋은 집을 나섰어. 그리고 길을 걷고, 걷고, 또 걸은 끝에 숲에서 이요르가 있는 곳에 도착했단다.

푸는 말했어.

"이요르, 안녕! 여기는 티거야."

이요르는 되물었어.

"뭐가?"

"얘 말이야."

푸와 피글렛이 동시에 설명을 하자, 티거는 아무 말 없이 행복이 넘쳐흐르는 미소만 지어보였지. 이요르는 티거 둘레를 한 바퀴 빙 돌고 나서, 다시 반대 방향으로 한 바퀴를 빙 돌았어.

"이게 뭐라고?"

"티거."

"아!"

피글렛이 설명했어.

"티거는 이제 막 왔어."

"아!"

이요르는 같은 말을 되풀이하더니, 한참 동안 생각하고 나서 이렇게 말했어.

"언제 가는데?"

푸는 이요르에게 티거가 크리스토퍼 로빈과 사이좋은 친구인데 숲에서 살려고 왔다고 설명했고, 피글렛은 티거에게 이요르는 늘 기분이 우울하니까 이요르가 하는 말에 기분 나빠할 거 없다고 설명했어. 이요르는 피글렛에게 그 말과 반대로 오늘 아침은 유난히 기분이 좋다고 설명했고, 티거는 아무나 들으라는 식으로 자긴 여태 아침을 못 먹었다고 설명했지.

푸가 말했어.

"저기 뭔가 있다고 알고 있었거든. 티거들은 맨날 엉겅퀴를 먹어. 그래서 우리가 너를 찾아온 거야, 이요르."

"그런 말 마, 푸."

"아니, 이요르, 널 보고 싶지 않았다는 게 아니라……."

"알지. 알아. 그런데 네가 새로 사귄 줄무늬 친구, 당연한 일이지만, 그 친구가 아침을 먹고 싶다잖아. 그 친구 이름이 뭐랬지?"

"티거."

"그렇다면 이리로 와, 티거."

이요르는 **그 어디보다 엉겅퀴처럼 생긴 엉겅퀴**가 무성한 곳으로 앞장서서 가더니, 발굽을 흔들며 그곳을 가리켰어.

"생일날 먹으려고 아껴뒀던 구역이지만, 어차피 생일이 뭐라고? 오늘 있다가도 내일이면 사라지는 것을. 마음껏 먹어, 티거."

티거는 고맙다고 인사하고, 조금 불안한 얼굴로 푸를 바라보며 조그맣게 속삭였어.

"이게 정말 엉겅퀴야?"

"맞아."

"티거들이 제일 좋아하는 거?"

"그래. 그거야."

"알았어."

그래서 티거는 한입 가득 엉겅퀴를 뜯어 우적우적 씹었다가 소리쳤어.

"*아야!*"

티거는 그 자리에 주저앉아 발을 입 속에 집어넣었지.

푸가 물었어.

"어디 아파?"

티거는 웅얼웅얼 대답했어.

"*따가워!*"

이요르가 말했어.

"네 친구가 벌에 쏘였나 봐."

푸의 친구는 가시들을 빼내려고 고개를 흔들어 대다가 멈

추고는, 티거들은 엉겅퀴를 좋아하지 않는다고 말했어.

이요르는 물었어.

"그럼 왜 더없이 싱싱한 엉겅퀴들을 뭉개 놓는 거야?"

푸가 말했어.

"하지만 네가 그랬잖아. 티거들은 꿀하고 꾸토리만 빼고 뭐든지 다 좋아한다고."

"엉겅퀴도 빼야 해."

티거는 혀를 축 늘어뜨리고 원을 그리며 빙글빙글 돌았지.

푸는 안타까운 표정으로 티거를 쳐다보았어.

그리고 피글렛에게 물었어.

"이제 어쩌면 좋지?"

피글렛은 이 질문에 대답을 알고 있었어. 당장 크리스토퍼 로빈에게 가봐야 한다고 말했단다.

"크리스토퍼 로빈은 캥거랑 같이 있을 거야."

이요르는 이렇게 말하고는 푸에게 다가가서 커다란 목소리로 속삭였어.

"네 친구한테 운동은 다른 데 가서 하라고 말해 줄래? 난 곧바로 점심을 먹어야겠는데, 아직 입도 안 댄 내 밥이 밟혀서 뭉개지는 건 싫거든. 사소한 문제긴 해. 내가 까다롭게 구는 거도 있고. 그렇지만 다들 어느 정도 자기만의 방식이 있는 거잖아."

푸는 엄숙히 고개를 끄덕이고는 티거를 불렀어.

"이리 와. 캥거한테 가보자. 캥거라면 너한테 아침으로 줄 만한 게 많을 거야."

티거는 마지막 한 바퀴를 빙글 돌고 나서 푸와 피글렛에게 다가왔어.

"따가워서 그래! 가자!"

티거는 스스럼없이 활짝 웃더니 쌩하니 달려갔어.

푸와 피글렛은 티거 뒤로 천천히 걸어갔어. 걷는 동안 피글렛은 아무 말도 하지 않았어. 아무 생각도 할 수가 없었거든. 푸도 아무 말 하지 않았는데, 그건 시를 생각하고 있었기 때문이지. 다 생각하고 나서 푸는 시를 읊기 시작했어.

어떻게 해야 할까,
　　가엾은 꼬마 티거를?
아무것도 먹지 않으면
　　조금도 더 자라지 않을 텐데
티거는 꿀하고 꾸토리 그리고
　　엉겅퀴를 좋아하지 않아.
맛 때문에 그리고
　　잔털 때문에.
동물들이 좋아하는 맛난 것들은 전부
　　삼키기 나쁘거나 찌르는 게 너무 많은 걸.

피글렛이 말했어.
"그런데 티거는 지금도 충분히 크잖아."
"사실 별로 큰 게 아니야."
"그래도 큰 것 같은데."
푸는 이 말을 듣고 생각에 잠겼다가, 혼자서 웅얼웅얼했어.

그렇지만 몸무게가 몇 파운드,
　　　몇 실링, 몇 온스나 나가든
티거는 언제나 더 커 보여.
　　　통통 튀어 다니니까.

"여기까지가 다 같은 시야. 피글렛, 마음에 들어?"

"다 좋은데 실링만 빼고. 그건 거기 들어갈 게 아닌 것 같아."

푸는 이렇게 설명했지.

"그게 파운드 뒤에 오고 싶어 해서 그냥 오게 내버려둔 거야. 시를 쓸 때 제일 좋은 방법이 그거거든. 뭐가 오면 오게 두는 거."

"아, 난 몰랐어."

티거는 그러는 내내 둘 앞을 통통 튀어 갔어. 가다가 가끔 한 번씩 돌아보면서 "이 길이야?" 하고 물었지. 그러다가 마침내 캥거네 집이 보였는데, 크리스토퍼 로빈이 그곳에 있었어. 티거가 그쪽으로 부리나케 뛰어갔어.

크리스토퍼 로빈이 말했어.

"아, 너 왔구나, 티거! 네가 어딘가 있을 줄 알았어."

티거는 젠체하며 말했어.

"숲속에서 이것저것 찾고 있었어. 푸하고 피글렛하고 이요르는 찾았는데, 아침에 먹을 건 못 찾았어."

푸와 피글렛이 다가와서 크리스토퍼 로빈과 포옹한 다음, 그동안 있었던 일들을 이야기해 주었단다.

푸는 물었어.

"너도 티거가 좋아하는 게 뭔지 몰라?"

크리스토퍼 로빈은 말했지.

"잘 생각을 해봤다면 생각이 났겠지. 하지만 난 티거가 아는 줄 알았어."

티거는 말했어.

"나 알아. 이 세상에 있는 건 뭐든지 다 좋아해. 거기서 꿀하고 꾸토리하고, 또…… 그 따가운 게 뭐라고 했더라?"

"엉겅퀴야."

"그래, 그것들하고만 빼고."

"아, 그렇다면 캥거는 너한테 아침으로 줄 만한 게 있을 거야."

그래서 모두 다 같이 캥거네 집에 들어갔어. 루는 "푸, 안

녕”, “피글렛, 안녕”이라고 한 번씩 인사한 뒤에 티거한테는 “티거, 안녕. 티거, 안녕” 하고 두 번 인사했어. 태어나서 처음 해보는 말이었는데 발음이 재미있었거든. 친구들은 캥거에게 자기들이 왜 왔는지 설명했고, 캥거는 아주 상냥하게 “그럼 여기 찬장에서 우리 티거가 좋아하는 게 있는지 보렴” 하고 말했지. 캥거는 티거가 겉으로 아무리 커보여도 루한테 하듯이 다정하게 대해줘야 한다는 걸 한눈에 알아봤던 거야.

“나도 볼까?”

푸가 말했어. 열한 시께가 되었다는 느낌이 오고 있었거든. 푸는 찬장에서 작은 연유 깡통을 하나 찾아냈는데, 티거는 그걸 좋아하지 않는다는 느낌이 강하게 들었지. 그래서 그 통을 한쪽 구석에 따로 챙겨 두고, 누가 중간에 끼어들지

못하도록 옆에서 지키고 서 있었어.

하지만 티거는 찬장 안으로 아무리 코를 들이밀고 앞발을 깊이 집어넣어 봐도 계속 좋아하지 않는 것들만 나왔단다. 결국 찬장 안에 든 것들을 전부 살펴보았는데도 먹을 걸 하나도 찾지 못하자 티거가 캥거에게 물었어.

"이제 어떻게 되는 거야?"

그런데 캥거와 크리스토퍼 로빈과 피글렛은 모두 루를 빙 둘러싸고, 루가 **달인 엿기름**을 먹는 모습을 지켜보고 있었어. "꼭 먹어야 돼요?"라고 묻는 루를 캥거가 "어서, 루, 아가야, 네가 약속한 걸 잊은 건 아니지?"라며 다독였지.

티거가 피글렛에게 귓속말로 물었어.

"저건 뭐야?"

"루가 먹는 **튼튼 쑥쑥 약**이야. 루는 엄청 싫어해."

그래서 티거는 루에게 다가가서 루가 앉은 의자 등받이 너머로 몸을 구부리고는, 갑자기 혀를 내밀어 숟가락으로 듬뿍 떴던 약을 날름 채 갔어. 캥거가 깜짝 놀라 "아!" 하며 펄쩍 뛰었다가, 티거의 입속으로 막 사라지려는 숟가락을 와락 움켜잡고 간신히 빼냈지. **달인 엿기름**은 이미 사라진 뒤였단다.

캥거가 말했어.

"티거, 아가!"

"약인데 뺏어먹었데요, 약인데 뺏어먹었데요, 약인데 뺏어먹었데요!"

루는 신이 나서 노래까지 불렀어. 티거의 행동이 굉장히 기발한 장난이라고 생각했거든.

티거는 천장을 올려다보고는, 눈을 감고 입가를 핥고 또 핥았어. 혹시 입 밖에 묻어 있는 게 있을까 봐서 말이야. 그러더니 평화롭게 미소를 지으며 말했어.

"그러니까 이게 바로 티거들이 좋아하는 거야!"

이렇게 해서 티거가 캥거네 집에 살면서 **달인 엿기름**을 아침으로 먹고, 저녁으로 먹고, 차로도 마시게 된 거란다. 그리고 캥거는 가끔 티거가 튼튼해져야 할 때라는 생각이 들면 식사를 마친 다음 루의 아침밥을 한두 숟가락씩 약으로 먹였지.

피글렛은 푸에게 말했어.

"하지만 내 생각에 티거는 지금도 충분히 튼튼해."

3

수색대가 편성되었고 피글렛이 히파럼프와 다시 마주칠 뻔했어요

어느 날 푸가 집에 앉아서 꿀단지가 몇 개나 남았는지 세고 있는데 문을 두드리는 소리가 들렸어.

"열넷. 들어와. 열넷. 아니 열다섯이었나? 이게 뭐람. 헷갈렸잖아."

래빗이 말했어.

"푸, 안녕."

"래빗, 안녕. 열넷 아니었나?"

"뭐가?"

"내가 세고 있던 내 꿀단지."

"열넷, 맞아."

"확실한 거야?"

"아니. 중요한 일이야?"

푸는 쑥스러워 하며 말했어.

"그냥 알고 싶어서. 그래야지 '남은 꿀단지는 열네 개야' 하고 혼잣말을 할 수 있잖아. 열다섯 개가 남았으면 열다섯 개라고 하고. 그럼 마음이 편해지는 것 같아서."

"그럼 열여섯 개라고 해두자. 난 물어볼 게 있어서 왔어. 혹시 어디서든 **작은아이** 본 적 있어?"

"못 본 것 같은데."

푸는 대답하고 나서 잠깐 생각을 해본 다음 말했어.

"작은아이가 누구야?"

래빗은 별일 아니라는 듯이 말했어.

"내 **친친** 가운데 하나야."

푸한테는 하나 마나 한 대답이었지. 래빗에게는 친구와 친척들이 아주 많았거든. 게다가 종류나 크기도 제각각이어서, 작은아이를 찾으려면 떡갈나무 꼭대기까지 올라가야 하는지, 아니면 미나리아재비 꽃잎을 들춰 봐야 하는지도 알 수가 없었으니까 말이야.

푸가 말했어.

"오늘은 아무도 못 봤어. 당연히 '안녕, 작은아이야' 하고 인사한 적도 없고. 작은아이를 찾아야 할 일이라도 있었어?"

"일이 있어서 걔를 찾는 건 아니야. 그래도 친구와 친척 가운데 하나가 어디 있는지 알아 두면 항상 쓸모가 있거든. 찾을 일이 있든, 찾을 일이 없든 말이야."

"아, 그렇구나. 작은아이가 없어졌어?"

"글쎄, 오랫동안 아무도 작은아이를 만나지 못한 걸 보면 아무래도 그런 것 같아."

래빗은 젠체하며 말을 이었어.

"어쨌든 내가 작은아이를 찾는 수색대를 편성하겠다고 크리스토퍼 로빈하고 약속했거든. 그러니까 어서 가자."

푸는 꿀단지 열네 개에게 다정하게 작별 인사를 했어. 꿀단지가 열다섯 개면 좋겠다고 생각하면서 말이야. 그런 다음 래빗과 함께 집을 나와 숲속으로 들어갔지.

래빗이 말했어.

"자, 이게 수색대야. 내가 편성한……."

푸는 물었어.

"그걸 뭘 했다고?"

"편성했다고. 무슨 뜻이냐면…… 그러니까, 수색대에서 네가 할 일을 말하는 거야. 모두가 다 한꺼번에 같은 장소를 찾아볼 수는 없으니까. 그래서 푸, 너는 여섯 그루 소나무가 있는 곳을 먼저 수색한 다음 아울네 집까지 가는 길을 살펴봤으면 해. 거기서 나를 찾아. 알겠니?"

"아니. 뭘……."

"그러면 한 시간쯤 있다가 아울네 집에서 보자."

"피글렛도 **편셩**했어?"

"전부 다 했어."

래빗은 그렇게 말하고 가버렸어.

래빗이 눈앞에서 사라지고 나니 그제야 푸는 깜박하고 작은아이가 누군지 묻지 않았다는 게 기억났어. 작은아이가 누구 콧등에 앉는 종류의 **친친**인지, 아니면 땅 위로 다녀서 실수로 밟을 수도 있는 종류인지 물어보지 못했잖아. 뭐, 이미 너무 늦어버렸으니까 푸는 피글렛부터 찾아서 자기들이 찾는 게 뭔지 물어본 다음 찾는 걸 시작해야겠다고 생각했어.

"여섯 그루 소나무에선 피글렛을 찾아 봐야 소용없지. 왜냐하면 피글렛은 피글렛만의 특별한 장소에 **편성**되었을 테니까. 그러니까 특별한 장소부터 먼저 찾아보아야겠지. 거기가 어딜까."

그래서 푸는 머릿속으로 이렇게 정리를 해보았어.

어떤 걸 찾는 순서

1. 특별한 장소 (피글렛을 찾아야 하니까)
2. 피글렛 (작은아이가 누군지 물어봐야 하니까)
3. 작은아이 (작은아이를 찾아야 하니까)
4. 래빗 (내가 작은아이를 찾았다고 말해야 하니까)

5. 다시 작은아이 (작은아이한테 내가 래빗을 찾았다고 말해야 하니까)

"순서를 정하고 보니 쉽지 않은 하루가 될 것 같아."

푸는 그렇게 생각하면서 터벅터벅 걸어갔어.

그리고 다음 순간, 그날은 정말로 아주 쉽지 않은 날이 되어 버렸어. 앞도 살피지 않고 분주히 두리번거리던 푸가 그만 실수로 숲에 남겨진 뭔가 위로 발을 디뎠거든. 푸는 "내가 날고 있어. *아울이 하는 거*. 멈추려면 어떻게 해야……" 라고 생각하는 순간 멈추었지.

쿵!

"아야!"

뭔가가 찍찍거렸어.

"이상하네. 내가 진짜로 아야라고 하지도 않았는데 '*아야*' 하고 말하다니."

"살려 줘!"

작고 높은 목소리가 말했지.

"또 그랬어. 난 사고를 당했어. 어떤 우물에 빠졌고. 그런데 목소리가 찍찍거리는 소리로 변하더니 내가 속으로 뭘 생각하면 말할 준비도 하기 전에 먼저 나와 버리네. 왜냐하면 내가 속으로는 뭔가를 했거든. 이게 뭐람!"

"살려 줘, 살려 줘!"

"이거 봐! 난 말하려고 하지도 않았는데 말을 하잖아. 그러니까 이건 아주 나쁜 사고가 틀림없어."

그러자 어쩌면 정말로 무슨 말을 하려고 할 땐 정작 말이 나오지 않을 거란 생각이 들었어. 그래서 확인을 해보려고 큰 소리로 말했지.

"곰돌이 푸가 아주 나쁜 사고를 당했어."

"푸!"

또 그 목소리가 찍찍거렸어.

푸가 반갑게 외쳤어.

"피글렛이잖아! 너 어딨어?"

"밑에 있어."

피글렛은 밑에 있는 것 같은 목소리로 말했어.

"어디 밑에?"

"네 밑이야. 일어나!"

피글렛은 찍찍거렸어.

"아! 피글렛, 내가 너한테 떨어진 거야?"

푸는 허둥지둥하며 얼른 일어났어.

피글렛은 자기 몸을 구석구석 만져 보며 말했지.

"네가 나한테 떨어졌어."

푸는 몹시 슬픈 얼굴을 했어.

"난 그러려고 한 게 아니었어."

피글렛도 슬피 말했어.

"난 밑에 깔리려고 한 게 아니었어. 하지만 이제 괜찮아, 푸. 그리고 떨어진 게 너라서 정말 기뻐."

"어떻게 된 거야? 여긴 어디고?"

"여기는 구덩이 비슷한 데 같아. 내가 계속 걸으면서 누구를 찾고 있었는데 갑자기 걸을 데가 사라졌어. 지금 막 일어나서 여기가 어딘지 보려고 했는데 뭐가 나한테 떨어진 거야. 그게 너였고."

"그랬구나."

"그래."

피글렛은 불안해서 푸에게 더 가까이 다가갔어.

"푸, 우리 함정에 빠진 거 같진 않아?"

푸는 그런 생각은 전혀 해보지 않았지만 이내 고개를 끄덕였어. 문득 언젠가 피글렛과 둘이서 히파럼프들을 잡겠다고 푸 함정을 만들었던 기억이 떠오르면서, 이게 어떻게 된 일인지 짐작 가는 게 있었거든. 푸와 피글렛은 푸들을 잡으려고 파놓은 *히파럼프의 함정*에 빠졌던 거야! 바로 그렇게 된 일이었지.

그 사실을 들은 피글렛은 바르르 떨었어.

"히파럼프가 오면 어떻게 되는 거야?"

푸는 피글렛을 안심시켰어.

"아마 네가 있다는 건 눈치채지 못할 거야, 피글렛. 너는 아주 작은 동물이잖아."

"그렇지만 푸, 너는 알아볼 거 아냐."

푸는 곰곰이 생각하면서 말했어.

"나는 알아보겠지. 나도 히파럼프를 알아볼 거고. 우린 한참 동안 서로를 알아볼 거고, 그럼 히파럼프가 '호호!' 하고 말하겠지."

피글렛은 히파럼프가 '호호!' 하는 소리를 생각하다 살짝 몸서리를 치며 귀를 쫑긋거리기 시작했어.

"너, 넌 뭐라고 할 건데?"

푸는 뭔가 할 말을 생각해 내려고 애를 썼지만, 아무리 생각해도 히파럼프가 '호호!' 할 때 낼 법한 목소리로 '호호!'라고 말하는데, 거기에 대꾸가 될 만한 대답은 아무것도 없다는 생각밖에 들지 않았지. 마침내 푸가 말했어.

"나는 아무 말도 하지 않을 거야. 난 그냥 혼자 콧노래를 부를래. 뭔가를 기다리고 있는 것처럼 말이야."

피글렛은 걱정스레 추측을 해보았어.

"그럼 히파럼프가 또 '호호!' 할 텐데?"

"그럴 거야."

피글렛은 귀가 어찌나 정신없이 쫑긋거리던지, 귀를 함정 벽에 대고 진정시켜야 했지.

"그 말을 또 하겠지. 나는 콧노래를 계속 부를 거고. 그럼 히파럼프는 기분이 나쁠 거야. 왜냐하면, 두 번이나 고소하다는 듯이 '호호!' 했는데 다른 쪽에서 콧노래만 부르고 있으면, 세 번째로 또 말하려고 할 때 갑자기 그런 생각이 들 거거든. 그러니까…… 그러니까…… 갑자기……."

"어떤?"

"그게 아니구나라는."

"뭐가 아닌데?"

푸는 자기가 하려는 말이 뭔지 알고 있었지만 *머리가 아주 나쁜 곰*이라서 그 단어들이 생각나지 않았어.

"그게, 그냥 아닌 거야."

"그러니까 더 이상 호호거리지 않는다는 뜻이야?"

푸는 피글렛을 감탄스럽다는 듯이 쳐다보며, 자기가 하려던 말이 바로 그거라고 말했어. 만약 계속 콧노래만 부르고 있으면, 히파럼프도 평생 호호거리진 못할 테니까 말이야.

피글렛이 말했어.

"그렇지만 뭔가 다른 말을 할 거야."

"바로 그거야. 이런 말을 하겠지. '이게 다 뭐야?' 그러면 피글렛, 난 이렇게 말할 거야. 내가 방금 생각해 낸 건데, 아주 좋은 방법이야. '이건 내가 히파럼프를 잡으려고 만든 함정이고, 난 히파럼프가 빠지기를 기다리는 중이야' 하고. 그런 다음 계속 콧노래를 부르는 거지. 그러면 히파럼프는 불안해질 거야."

"푸!"

피글렛이 크게 외쳤어. 이번에는 피글렛 쪽에서 감탄스레 쳐다볼 차례였지.

"푸, 네 덕분에 우린 살았어!"

"내 덕분에?"

푸는 확신이 서지 않았어.

하지만 피글렛은 확신했지. 그리고 피글렛의 마음속에선 벌써 푸와 히파럼프가 만나서 말을 주고받고 있었단다. 그런데 문득 피글렛은 약간 슬퍼지면서 이런 생각이 드는 거야. 히파럼프에게 그렇게 당당히 말하는 존재가 푸가 아니라, 물론 푸를 사랑하지만, 피글렛이었다면 더 근사했을 거라고 말이야. 자기는 푸보다 머리가 더 좋으니까, 대화를 나누는 한쪽이 푸가 아니라 자기라면 대화도 더 잘 풀릴 테고, 나중에 지난날을 되돌아볼 때 마치 히파럼프가 앞에 없는 것처럼 용감하게 대답하는 자기 모습을 떠올리면 저녁에도 마음이 편할 것 같았으니까. 이제 별일 아닌 것처럼 보였거든. 뭐라고 말하면 되는지 알았잖아.

히파럼프 (고소해하며) : 호호!

피글렛 (관심 없다는 듯이) : 트랄랄라, 트랄랄라.

히파럼프 (깜짝 놀라서 자신 없게) : 호호!

피글렛 (그럴수록 더 무관심하게) : 티들 엄 텀, 티들 엄 텀.

히파럼프 (호호거리려다가 어색하게 기침하면서) : 흠흠, 이게 다 뭐야?

피글렛 (놀란 듯) : 안녕! 이건 내가 만든 함정인데, 지금 히파럼프가 빠지기를 기다리는 중이야.

히파럼프 (크게 낙담하며) : 아! (한참 침묵하다가) 확실한 거야?

피글렛 : 응.

히파럼프 : 아! (불안해 하며) 나, 나는 내가 피글렛을 잡으려고 만든 함정인 줄 알았어.

피글렛 (놀란 듯) : 이런, 아니야!

히파럼프 : 아! (변명처럼) 그럼 내, 내가 잘못 알았나 봐.

피글렛 : 그런 것 같네. (예의바르게) 안됐다. (계속해서 콧노래를 부른다.)

히파럼프 : 그럼…… 그럼…… 난…… 그러니까, 난 이만 가보는 게 낫겠지?

피글렛 (관심 없다는 듯 올려다보며) : 벌써 가게? 그럼, 어디서든 크리스토퍼 로빈을 만나면, 내가 찾는다고 전해 줘.

히파럼프 (비위를 맞추려고 애쓰면서) : 그럼! 꼭 전할게! (황급히 자리를 뜬다.)

푸 (원래는 그곳에 없는 게 맞는데, 우리는 푸 없이는 안 된다는 것을 알고 있으므로) : 와, 피글렛, 너 정말 용감하고 영리하구나!

피글렛 (겸손하게) : 아니야, 푸. (그런 다음 크리스토퍼 로빈이 오면 푸가 모든 이야기를 들려준다.)

피글렛이 행복한 상상의 나래를 펼치고, 푸는 또 열넷이었는지 열다섯이었는지 궁금해 하고 있는 사이에도, 작은아이를 찾는 수색은 여전히 숲 여기저기에서 계속되고 있었단다. 작은아이의 진짜 이름은 **아주작은아이 비틀**이었지만 줄여서 작은아이라고만 불렀어. 그나마도 누가 부를 일이 있을 때 그렇게 불렀다는 건데, 사실 누가 작은아이를 부르는 일은 "진짜, 작은아이네!"라고 할 때 말고는 거의 없었지. 작은아이는 몇 초 동안 크리스토퍼 로빈하고 같이 있다가 운동 삼아 가시금작화 덤불을 한 바퀴 돌기 시작했는데, 돌아올 거라고 생각했던 방향에서 나타나질 않았어. 그래서 작은아이가 어디로 갔는지 아무도 모르게 된 거야.

크리스토퍼 로빈이 래빗에게 말했어.

"작은아이는 집에 가버린 것 같아."

래빗이 물었지.

"걔가 '잘 있어. 즐거운 시간 갖게 해줘서 고마워'라고 말

했어?"

"그냥 '반가워'라고만 했는데."

"하!"

래빗은 조금 더 생각을 한 다음 다시 물었어.

"자기가 아주 재미있었고, 그렇게 갑자기 돌아가게 되어서 미안하다고 편지를 보냈어?"

크리스토퍼 로빈이 생각하기에 그건 아닌 것 같았어.

"하!"

래빗은 다시 그렇게 말하더니, 굉장히 으스대면서 말했어.

"이건 *심각한 일*이야. 작은아이가 사라졌다고. 당장 수색을 시작해야 돼."

크리스토퍼 로빈은 뭔가 다른 생각을 하고 있다가 말했어.

"푸는 어디 있어?"

하지만 래빗은 이미 가고 없었지. 그래서 크리스토퍼 로빈은 집 안으로 들어가서 아침 일곱 시쯤 멀리 산책을 나간 푸를 그림으로 그리다가, 집 앞 나무 꼭대기까지 올라갔다 내려왔어. 그러고는 푸가 뭘 하고 있을까 생각하면서 확인해 보려고 숲을 가로질러 걸어갔어.

멀리 가지 않아 크리스토퍼 로빈은 자갈 캐는 구덩이에 다다라 그 안을 들여다보았어. 안에선 푸하고 피글렛이 등을 보이고 엎드린 자세로 행복한 꿈에 젖어 있었지.

크리스토퍼 로빈이 불쑥 큰 소리로 외쳤어.

"호호!"

피글렛은 깜짝 놀라고 겁이 나서 십오 센티미터만큼이나 펄쩍 뛰었지만, 푸는 꿈에서 깨지 않았어.

피글렛은 안절부절못했어.

"히파럼프다! 자, 지금이야!"

피글렛은 단어 하나라도 목구멍에 막혀서 나오지 않는 일이 없도록 속으로 노래를 흥얼거려 보고 나서, 마음이 이렇게 편하고 즐거울 수 없다는 듯이 노래했어. 마치 그 노래가

금방 생각난 것처럼 말이야.

“트랄랄라, 트랄랄라.”

하지만 고개는 돌리지 않았어. 만약 고개를 돌렸다가 아주 사나운 히파럼프가 자기를 내려다보고 있는 모습을 보기라도 하면, 그 다음에 무슨 말을 해야 하는지 생각나지 않을 수도 있는 법이거든.

크리스토퍼 로빈은 푸 목소리를 흉내내면서 노래했어.

“럼텀 텀 티들 엄.”

언젠가 푸가 이런 노래를 만든 적이 있잖아.

트랄랄라 트랄랄라
트랄랄라 트랄랄라
럼텀 텀 티들 엄

그래서 크리스토퍼 로빈은 이 노래를 부를 때면 늘 푸의 목소리로 불렀어. 그게 노래하고 더 잘 어울리는 것 같기도 했고.

피글렛은 불안한 마음으로 생각했어.

“히파럼프가 말을 틀렸어. 히파럼프가 다시 호호거릴 차

례였는데. 내가 대신 해주는 게 좋겠다."

피글렛은 할 수 있는 만큼 사납게 말했어.

"호호!"

크리스토퍼 로빈은 평상시의 자기 목소리로 물었어.

"피글렛, 거긴 어쩌다 들어간 거니?"

피글렛은 깜짝 놀랐어.

"끔찍한 일이야. 처음에는 푸 목소리로 말하더니, 이번에는 크리스토퍼 로빈 목소리를 내잖아. 히파럼프는 나를 안절부절못하게 만들려고 그러는 거야."

피글렛은 너무 불안해서 갈팡질팡하며 찍찍거리는 목소리로 속사포처럼 말했어.

"이건 푸들을 잡기 위한 함정이고, 나는 거기에 빠지기를 기다리는 중이야, *호호*, 이게 다 뭐지. 그러고 나서 난 *호호* 하고 한 번 더 말해."

크리스토퍼 로빈은 물었어.

"뭐라고?"

피글렛은 쉰 목소리로 말했어.

"*호호*들을 잡기 위한 함정이라고. 내가 방금 만든 거고, 나는 지금 *호호*가 *오길오길* 기다리는 중이야."

그냥 두었다면 피글렛이 언제까지 이러고 있었을지 그건 모르겠지만, 그때 푸가 벌떡 일어났어. 열여섯 개로 하기로 마음을 먹었거든. 그리고 등 한복판에 곤란한 위치에서 뭔가가 몸을 간지럽히고 있어서 간지러운 느낌을 가라앉히려고 고개를 돌렸는데, 크리스토퍼 로빈이 보이는 거야.

푸는 기뻐서 방방 뛰며 소리쳤지.

"안녕!"

"안녕, 푸."

피글렛은 위를 쳐다보았다가 다시 눈길을 돌렸어. 스스로 너무 멍청해 보이고 또 기분은 얼마나 불편하던지, 피글렛이 바다로 도망가서 배를 타는 선원이 되어야겠다고 막 결심하려고 하던 그때, 뭔가가 언뜻 눈에 들어왔지.

피글렛이 소리쳤어.

“푸! 네 등에 뭐가 기어 올라가고 있어.”

푸가 말했어.

“그런 것 같았어.”

“작은아이야!”

“아, 그게 그거구나. 그렇지?”

피글렛은 크게 외쳤어.

“크리스토퍼 로빈, 내가 작은아이를 찾았어!”

“피글렛, 잘했어.”

칭찬을 들은 피글렛은 다시 아주 행복해졌고, 결국 선원은 되지 않기로 마음을 굳혔지. 푸와 피글렛은 크리스토퍼 로빈의 도움을 받아 구덩이를 빠져나왔고, 셋은 함께 손에 손을 잡고 걸어갔단다.

그리고 이틀 뒤 래빗은 숲속에서 이요르를 마주쳤어.

"안녕, 이요르. 너 지금 뭘 찾는 거야?"

"당연히 작은아이지. 머리가 어디 간 거야?"

"아하, 그런데 내가 말을 안 했던가? 작은아이는 이틀 전에 찾았어."

잠깐 침묵이 흘렀어.

그러다가 이요르는 씁쓸하게 말했지.

"하하. 기쁘게 웃고 떠들고 등등 뭐 그렇군. 사과하지 마. 이건 그냥 *툭하면* 있는 일이니까."

4

티거들은 나무를 안 타요

어느 날 푸는 생각을 하다가 어제부터 이요르를 보지 못했으니까 이요르를 만나러 가야겠다는 생각이 들었어. 혼자 노래를 부르며 히스 벌판을 가로질러 걸어가고 있는데, 문득 그저께부터 아울을 보지 못했다는 사실이 떠올랐지. 그래서 푸는 가는 길에 100에이커 숲에 잠깐 들러서 아울이 집에 있는지 봐야겠다고 생각했어.

그렇게 푸는 계속 노래를 부르면서 냇가 징검다리에 다다랐어. 세 번째 징검돌에 올라섰을 때, 푸는 캥거와 루와 티거가 잘 지내는지 궁금해지기 시작했단다. 그 셋은 숲속 다른 장소에서 함께 살았잖아. 푸는 혼자 중얼거렸지.

"루를 오랫동안 못 봤네. 만일 오늘도 루를 못 보면 더 오랫동안 못 본 게 될 텐데."

푸는 냇가 한가운데 놓인 징검돌 위에 앉아, 자기가 만든 노래 소절을 다시 바꿔 부르면서 어떻게 할까 생각했어.

소절 하나는 이거였어.

나는 행복하게 아침을 보낼 수 있어,
　　　　　　루를 만나면.
나는 행복하게 아침을 보낼 수 있어,
　　　　　　푸로서.
그런 건 중요하지 않은 것 같거든,
살이 더 찌지 않는다면
(그리고 살이 더 찌지 않는 것 같아)
　　　　　　내가 뭘 하든 말이야.

햇볕은 정말 기분 좋게 내리쬐었고 한참동안 올라앉았던 디딤돌도 얼마나 따뜻했던지, 푸는 이렇게 시내 한가운데 앉아 푸인 채로 아침나절을 보내야겠다고 막 마음을 먹으려

하고 있었어. 그런데 그때 래빗이 떠오른 거야.

"맞다, 래빗. 난 래빗이랑 대화하는 게 좋아. 래빗은 현명한 이야기만 하거든. 아울처럼 기다랗고 어려운 단어도 쓰지 않아. 짧고 쉬운 단어를 쓰지. '점심 먹을래?'나 '푸, 맘껏 먹어'처럼. 정말로 래빗을 만나러 가야 할 것 같아."

그래서 푸는 다른 소절을 생각하게 됐지.

아, 나는 그 말투가 좋아.

그래, 맞아.

세상에서 가장 친절한 말투야.

단 둘이 있을 때 말이야.

또 **맘껏 먹으라**는 래빗의 말,

습관이 될지도 모르지만

기분 좋은 습관이야,

푸한테는.

푸는 이 노래를 부르면서 앉아 있던 돌에서 일어나, 건너왔던 징검다리를 되건넜고 래빗네 집을 향해 출발했어.

하지만 얼마 가지 못하고 이렇게 중얼거리기 시작했지.

"좋아, 그런데 래빗이 집에 없으면 어떡하지? 래빗네 집에서 나오다가 또 입구에 몸이 끼면? 그 입구가 별로 크지 않았을 때 한 번 끼인 적이 있었는데."

"내가 더 뚱뚱해지지 않았다는 건 알지만, 래빗네 집 입구가 홀쭉해졌을지도 모르잖아."

"그러니까 그게 아무래도 만일……."

이런 말들을 중얼중얼하는 사이에 푸는 무심코 계속 서쪽으로 걸어갔지…… 걷다 보니 불쑥 푸 자기 집 문이 다시 나오는 거야.

시간은 열한 시였어.

뭔가 좀 먹을 시간이었지…….

삼십 분 뒤에 푸는 언제나 정말로 하려고 했던 일을 하고 있었어. 피글렛네 집으로 쿵쿵 걸어가고 있었던 거야. 푸는 걸으면서 발등으로 입을 훔치고는 털 사이로 보송보송한 노래를 불렀어. 이런 노래였지.

나는 행복하게 아침을 보낼 수 있어,
피글렛을 만나면.
나는 행복하게 아침을 보낼 수 없어,
피글렛을 못 만나면.
그런 건 중요하지 않은 것 같아,
아울이랑 이요르를 못 보는지 어떤지.
(또 다른 친구들도)
내가 만나러 가는 건 아울도 이요르도 아니야.
(또 다른 친구들도)
크리스토퍼 로빈도 아니지.

이렇게 적어 놓고 보면 노래가 별로 좋아 보이지 않지만, 햇살이 쨍쨍하게 내리쬐는 아침 열한 시 삼십 분에 엷은 황갈색 솜털 사이로 흘러나온 노래라서 푸한테는 지금껏 불렀던 노래들 가운데서 제일 멋진 노래처럼 보였단다. 그래서 푸는 그 노래를 계속 불렀지.

피글렛은 집밖으로 나와 땅에다가 열심히 작은 구멍을 파고 있었어.

푸가 말했어.

"피글렛, 안녕."

피글렛은 깜짝 놀라 폴짝 뛰었어.

"푸, 안녕. 넌 줄 알았어."

"나도 알았는데. 뭐 하는 거야?"

"꾸토리를 심고 있어, 푸. 이게 자라서 떡갈나무가 되면 우리 집 문 앞에 꾸토리가 많이 열릴 테니까 몇 킬로미터씩 걸어 다니지 않아도 될 거야. 알겠니, 푸?"

"그렇게 안 되면?"

"될 거야. 크리스토퍼 로빈이 그럴 거라고 했거든. 그래서 내가 이걸 심고 있는 거야."

"그럼, 내가 우리 집 앞에 벌집을 심으면, 그게 자라서 벌통이 되겠네."

피글렛은 거기까지는 잘 몰랐어.

푸가 말했어.

"아니면 벌집 조각 하나만 심는 거야. 버리는 게 너무 많아지면 안 되니까 말이야. 다만 그러면 벌통 한 조각이 자랄 텐데, 그게 나쁜 조각이었다면 벌들만 윙윙거리고 꾸울은 없을 수도 있겠어. 이게 뭐람!"

피글렛도 그건 좀 곤란하겠다고 맞장구쳤어.

"그뿐 아니야, 푸. 방법을 모르면 심는 것도 아주 어려워."

피글렛은 파 놓은 구멍에 도토리를 넣고, 흙으로 덮은 다음, 그 위에서 폴짝폴짝 뛰었어.

푸가 말했어.

"나도 알아. 크리스토퍼 로빈이 **할려나** 씨앗을 줘서 내가 심었거든. 우리 집 앞이 온통 **할려나 꽃** 천지가 될 거야."

피글렛은 계속 폴짝폴짝 뛰면서 소심하게 말했어.

"난 그 꽃 이름이 한련화인 줄 알았는데."

"아니야. 걔네들은 아니야. 그 꽃 이름은 **할려나**야."

뜀뛰기를 마친 피글렛은 가슴께에 앞발을 문질러 닦았어.

"이제 뭘 할까?"

푸가 대답했지.

"캥거랑 루랑 티거한테 가자!"

"그, 그래. 가, 가자."

피글렛은 아직 티거를 보는 게 조금 겁났거든. 티거는 '반가워' 하고 인사하는 방식이 무척이나 통통 튀는 동물이다 보니 매번 귓속을 모래범벅으로 만들어 버리잖아. 캥거가 "조심해야지, 티거, 아가야" 하고 타이르면서 넘어진 친구를 부축해서 일으켜준 다음에도 그랬다니까. 어쨌든 둘은 캥거네 집으로 출발했어.

마침 캥거는 그날 아침따라 더 엄마 같은 기분이 들었고, 뭐가 몇 개인지 세어 두고 싶었단다. 루가 입을 조끼가 몇 개인지, 비누는 몇 장이나 남았는지, 티거 밥그릇에 지워야 할

얼룩이 두 개 있다든지 그런 거 말이야. 그래서 루가 먹을 물냉이 샌드위치랑 티거가 먹을 달인 엿기름 샌드위치 도시락을 싸주고, 숲에 가서 나쁜 짓은 하지 말고 아침나절에 오래오래 착하게 놀다 오라고 둘을 내보냈어. 그렇게 둘은 숲으로 갔지.

숲으로 가는 길에 티거는 루(가 알고 싶어 해서)에게 티거들이 할 수 있는 일들을 전부 말해 주었어.

루가 물었지.

"날 수도 있어?"

"그래. 티거들은 아주 훌륭한 날기 선수야. *무지* 훌륭한 날기 선수들이지."

"우와! 아울처럼 잘 날아?"

"그래. 단지 날고 싶어 하지 않을 뿐이야."

"왜 날고 싶어 하지 않는데?"

"그게, 왜 그런지 티거들은 나는 걸 좋아하지 않아."

루는 이해할 수 없었어. 날 수 있다는 건 멋진 일일 것 같았거든. 그런데 티거는 상대가 누구든 티거가 아닌 이상 설명하기가 쉽지 않다고 말했어.

"그럼, 캥거들처럼 멀리 뛸 수 있어?"

"그래. 하고 싶으면."

"난 뛰는 게 정말 좋아. 너랑 나랑 둘 중에 누가 더 멀리 멀리 뛰나 해보자."

"할 수는 있는데, 지금 여기서 멈춰 서면 안 돼. 그럼 늦을 거야."

"뭐에 늦는데?"

"뭐든 우리가 늦지 않게 가고 싶은 거에."

티거는 그렇게 말하면서 걸음을 서둘렀어.

얼마 가지 않아 둘은 여섯 그루 소나무에 다다랐어.

루가 말했지.

"나 헤엄칠 수 있어. 강에 빠졌었거든. 그런데 내가 헤엄을 쳤어. 티거들도 헤엄칠 줄 알아?"

"당연히 할 줄 알지. 티거들은 뭐든 다 할 수 있어."

"푸보다 나무도 잘 타?"

루는 그렇게 물어보며, 키가 제일 큰 소나무 밑에 멈추어 서서 그 나무를 올려다보았어.

"나무타기야말로 티거들이 제일 잘하는 거야. 푸보다 훨씬 잘해."

"티거들이 이 나무도 올라갈 수 있을까?"

"티거들은 이런 나무에 매일 올라. 하루 종일 오르락내리락 한다니까."

"우와, 티거, 정말 그래?"

티거는 씩씩하게 말했어.

"내가 보여 줄게. 넌 내 등에 업혀서 한번 봐."

티거들이 할 수 있다고 말한 그 모든 일들 가운데서, 티거가 정말로 할 수 있다는 확신이 확 들었던 게 유일하게 나무타기였거든.

루가 신나서 찍찍거렸어.

"우와, 티거어, 우와, 티거어, 우와, 티거어!"

루는 티거의 등에 앉았고, 둘은 나무 위로 올라갔어.

처음 삼 미터를 올라가는 동안 티거는 만족스럽게 중얼거렸어.

"올라간다!"

그 다음 삼 미터를 올라가면서 티거는 말했어.

"내가 늘 말했잖아. 티거들이 나무를 탈 수 있다고."

그 다음 삼 미터를 올라가면서는 이렇게 말했지.

"그렇게 쉽지 않네, 명심해."

그 다음 삼 미터를 올라갈 땐 이렇게 말했고.

"물론 내려가기도 있어. 거꾸로."

그런 다음 티거는 말했어.

"그건 어려울 거야……."

"누가 떨어지면 몰라도……."

"그렇게 되면……."

"*쉽겠지.*"

'쉽겠지'라고 말하는 순간, 티거가 올라섰던 나뭇가지가 부러졌어. 티거는 몸이 꺼진다는 느낌이 올 때 가까스로 위쪽 나뭇가지를 붙잡았고…… 나뭇가지 위로 천천히 턱을 끌어올린 다음…… 뒷발을 하나 올리고…… 또 다른 뒷발을 하나…… 그렇게 해서 마침내 붙잡았던 나뭇가지 위에 올라와 앉았지. 나뭇가지에 앉아서 가쁘게 숨을 몰아쉬면서, 나무타기 말고 헤엄치기를 하겠다고 할 걸 하며 후회했단다.

루가 티거 등에서 내려와 옆에 앉더니, 신나서 말했어.

"우와, 티거, 우리가 꼭대기까지 온 거야?"

"아니."

"꼭대기까지 갈 거야?"

"아니."

"아!"

루는 조금 슬퍼졌어. 하지만 다시 기대에 부풀었지.

"방금 그 부분 멋졌는데. 네가 우리 둘이 바닥으로 쿵 떨어질 것처럼 했다가 안 떨어졌잖아. 그거 한 번 더 해줄 수 있어?"

"*아아니.*"

루는 잠깐 동안 조용히 있다가 말했어.

"티거, 우리 샌드위치 먹을까?"

"그러자. 어디 있어?"

“나무 밑에.”

티거는 말했어.

“아직은 먹지 않는 게 좋을 것 같아.”

그래서 둘은 샌드위치를 먹지 않았어.

오래 지나지 않아 푸와 피글렛이 함께 걸어왔어. 푸는 피글렛에게 노래를 들려주고 있었는데, 살이 더 찌지 않는다면 뭘 하든 중요하지 않은 것 같다고, 그런데 자기 생각에는 살이 더 찌지 않는 것 같다는 내용이었어. 피글렛은 꾸토리를 심은 곳에서 싹이 올라오려면 얼마나 걸릴까 생각하고 있었지.

피글렛이 갑작스레 소리쳤어.

“푸, 저기 봐! 한 소나무 위에 뭐가 있어.”

푸는 신기해서 나무를 올려다보았어.

“정말이네! 어떤 동물이야.”

피글렛이 푸의 팔을 잡았어. 푸가 겁먹었을지도 모르잖아. 피글렛은 다른 쪽으로 눈길을 돌리면서 물었어.

“사나운 맹수야?”

푸는 고개를 끄덕였지.

"재귤라*야."

"재귤라들은 뭘 하는데?"

그렇게 물으면서, 피글렛은 재귤라들이 아무 일도 하지 않기를 바랐어.

"재귤라는 나뭇가지 사이에 숨어 있다가, 누가 밑으로 지나가면 그 위로 뛰어내려. 크리스토퍼 로빈이 말해 줬어."

"우린 저 밑으로 가지 않는 게 좋겠어, 푸. 재귤라가 뛰어내리다가 다칠지도 모르잖아."

"재귤라들은 안 다쳐. 재귤라는 진짜 아주 뛰어난 뛰어내리기 선수거든."

피글렛은 그래도 아주 뛰어난 뛰어내리기 선수 밑으로 지나가는 건 실수하는 거라고 생각했어. 그래서 마침 깜박 잊고 있던 뭔가가 생각나서 급하게 돌아가려고 하는데, 그때 재귤라가 큰 소리로 둘을 불렀어.

"도와줘! 도와줘!"

푸는 몹시 재미있어 했어.

"저게 바로 재귤라들이 늘 하는 일이야. '도와줘! 도와줘!'

* '재규어(jaguar)'를 잘못 발음하고 있다.

하고 부르다가 우리가 위를 올려다보면 머리 위로 뛰어내리는 거라니까."

"난 *밑을 내려다보고* 있어."

피글렛은 꽥 소리를 질렀어. 혹시라도 재규라가 실수로 잘못된 행동을 하지 않도록 말이야.

재규라 옆에서 무척 흥분한 뭔가가 피글렛이 한 말을 듣고 찍찍거렸어.

"푸랑 피글렛이다! 푸랑 피글렛이야!"

갑자기 피글렛은 그날이 생각보다 훨씬 더 멋진 하루라는 생각이 들었단다. 따뜻하기 그지없고 햇살이 반짝이는…….

피글렛이 소리쳤지.

"푸! 저건 티거하고 루 같아!"

"진짜네. 난 재규라랑 그 옆에 또 재규라인 줄 알았어."

피글렛이 외쳤어.

"안녕, 루! 뭐하는 거니?"

루가 소리쳤어.

"우린 못 내려가. 우린 못 내려가! 재밌지 않아? 푸, 재밌지? 티거랑 내가 나무 위에서 살고 있어. 아울처럼 말이야. 우린 여기서 영원히 영원히 살 거야. 난 피글렛네 집이 보여, 피글렛. 여기서 너희 집이 보인다니까. 우리 되게 높지? 아울네 집도 이만큼 높아?"

피글렛이 물었어.

"루, 거긴 어떻게 올라간 거야?"

"티거 등에 업혀서! 그런데 티거들은 내려가진 못해. 왜냐하면 꼬리가 방해가 돼서 올라가는 거밖에 못하는데, 방금 전까지 깜박 잊고 있다가 이제 막 생각이 났대. 그래서 우린 영원히 영원히 여기에 있어야 해. 아니면 더 높이 올라가거나. 아까 뭐랬지, 티거? 아, 티거가 그러는데 여기서 더 높이 올라가면 피글렛네 집이 잘 보이지 않을 거래. 그래서 그만 올라가려고 하는 거야."

루가 하는 이야기를 다 듣고 나서 푸는 엄숙히 말했어.

"피글렛, 어떻게 할까?"

그러더니 티거의 샌드위치를 먹기 시작했어.

피글렛은 걱정스러운 듯 물었어.

"쟤네들 못 내려오는 거야?"

푸는 고개를 끄덕였어.

피글렛이 물었지.

"네가 저기까지 올라가면 안 될까?"

"올라갈 수는 있지, 피글렛. 올라가서 루를 업고 내려올 수는 있는데, 티거는 데려올 수가 없어. 그러니까 뭔가 다른 방법을 생각해야 해."

그러더니 생각에 잠긴 얼굴로 루의 샌드위치도 먹기 시작했어.

***

푸가 마지막 샌드위치를 다 먹어치우기 전에 뭐라도 생각을 해냈을지, 그건 나도 모른단다. 하지만 푸가 아직 두 조각 남아 있는 샌드위치 하나를 막 집어들 때, 고사리 덤불에서 타다닥타다닥 하는 소리가 나더니 크리스토퍼 로빈과 이요르가 함께 천천히 걸어 나왔어.

이요르는 이런 말을 하고 있었지.

"내일 우박이 엄청나게 쏟아진대도 나는 놀라지 않아. 눈보라든 뭐든 다를 게 없지. 오늘 날이 맑다는 건 아무 의미도 없어. 거기엔 아무런 함…… 그 단어가 뭐지? 아무튼 그게 전혀 없다고. 그냥 잠깐 지나가는 날씨일 뿐이야."

"저기 푸야! 안녕, 푸!"

크리스토퍼 로빈이 말했어. 크리스토퍼 로빈은 당장 자기

앞에 닥친 일도 아닌데, 그런 게 내일 뭘 했든 별로 신경 쓰지 않았지.

피글렛이 말했어.

“크리스토퍼 로빈이다! 크리스토퍼 로빈은 어떻게 해야 할지 알 거야.”

푸와 피글렛은 크리스토퍼 로빈에게 후닥닥 달려갔어.

푸는 말했어.

“아, 크리스토퍼 로빈.”

이요르가 말했지.

“하고 이요르야.”

“티거랑 루가 여섯 그루 소나무 저 위에 있는데 지금 내려오질 못해서…….”

피글렛이 끼어들었어.

“내가 막 말하려고 했는데, 만약 크리스토퍼 로빈이…….”

이요르가 말했지.

“하고 이요르가…….”

“여기 와주기만 하면 그럼 뭔가 할 일을 생각해 낼 수 있을 텐데 하고 말이야.”

크리스토퍼 로빈은 티거와 루를 올려다보며 뭔가 생각해

내려고 노력했어.

피글렛은 진지하게 말했어.

"내가 생각해 봤는데, 만약 이요르가 나무 밑에 서면, 그리고 푸가 이요르 등에 올라가면, 그리고 만약 내가 푸 어깨 위에 올라가면……."

이요르가 말했어.

"그리고 만약 이요르의 등이 갑자기 뚝 부러지면, 우린 다 같이 웃을 수 있겠네. 하하! 조용히 웃기긴 했는데 별 도움은 되지 않는군."

"그냥, 내가 생각한 건……."

피글렛이 차분하게 설명하려는데, 푸가 화들짝 놀라서 물었어.

"이요르, 그렇게 하면 등이 부러질까?"

"거기가 바로 흥미진진해지는 부분이야, 푸. 나중 일까지는 확실히 알 수 없어서 말이야."

"아!"

그래서 모두들 다시 생각을 하기 시작했어.

갑자기 크리스토퍼 로빈이 외쳤어.

"좋은 수가 있어!"

이요르는 말했지.

"피글렛, 잘 들어봐. 그러면 우리가 해야 할 노력이 어떤 건지 알게 될 거야."

"우리 넷이 내 외투 귀퉁이를 하나씩 잡는 거야. 그럼 루하고 티거가 그 위로 뛰어내리면 돼. 외투는 부드럽고 푹신푹신할 테니까 루하고 티거도 다치지 않을 거야."

이요르가 말했어.

"*티거를 내려오게 하기*, 그리고 *아무도 다치지 않기*. 이 두 가지를 명심해, 피글렛. 그럼 너도 괜찮을 거야."

하지만 피글렛은 듣고 있지 않았어. 크리스토퍼 로빈의 파란색 멜빵을 다시 볼 수 있다는 생각에 몹시 들떴거든. 전에 딱 한 번 본 적이 있었는데, 그때는 지금보다 훨씬 어렸고 너무 신나 하는 바람에 다른 날보다 삼십 분이나 일찍 잠자리에 들어야 했었지. 피글렛은 그날 이후로 줄곧 그 멜빵이 정말로 기억나는 것만큼 파랗고 팽팽했는지 궁금했거든. 그래서 크리스토퍼 로빈이 외투를 벗었을 때 멜빵이 파랗고 팽팽하자, 피글렛은 이요르가 다시금 더없이 친근하게 여겨져서 그 옆에 서서 외투 귀퉁이를 잡고서는 이요르를 보며 행복한 미소를 지었지. 이요르는 그 미소에 이렇게 속삭이는 것으로 화답했단다.

"지금 사고가 나지 않을 거란 말은 아니고. 이상한 거야, 사고라는 건. 사고가 나기 전까진 절대 사고가 나지 않거든."

루는 자기가 해야 할 일이 뭔지 알아듣고 몹시 신나서 소리쳤어.

"티거! 티거! 우리 뛰는 거야! 나 뛰는 거 봐, 티거! 나는 것 같을 걸, 내가 뛰면. 티거들도 그렇게 할 수 있어?"

그러고는 찍찍거리며 소리쳤어.

"크리스토퍼 로빈, 지금 간다!"

그리고 뛰어내렸지. 외투 한가운데로 곧장 말이야. 떨어지는 속도가 얼마나 빨랐던지 루는 외투에 되튀어 거의 원래 있던 높이까지 올라갔는데, 그렇게 계속 튕겨 오르면서 "우와!"만 반복하기를 꽤 한참이 지나고 마침내 멈추었어. "우와! 굉장하다!" 친구들은 루를 땅 위에 내려 주었어.

루는 소리쳤어.

"어서, 티거. 이거 쉬워."

하지만 티거는 나뭇가지에 매달려서 혼자 중얼거리고 있었어.

"캥거처럼 깡충거리는 동물들한테는 쉽겠지만, 티거처럼

헤엄치는 동물들한테는 사정이 아주 달라."

티거는 자기가 강물에 드러누워 떠다니는 모습이며 이 섬, 저 섬 사이를 힘차게 헤엄쳐 다니는 모습을 생각해 보았어. 그거야말로 진정 티거다운 삶처럼 보였지.

크리스토퍼 로빈이 외쳤어.

"너도 뛰어. 괜찮을 거야."

티거는 초조해졌어.

"잠깐만. 눈에 작은 나무껍질이 들어갔단 말이야."

그러면서 앉아 있던 나뭇가지를 따라 천천히 걸었어.

루가 찍찍 말했어.

"어서, 쉽다니까!"

그러자 티거도 갑자기 뛰는 게 쉬워 보였어.

"으악!"

티거가 비명을 지르며 뛰어내리자 옆에서 나무가 휙 날아올랐지. 크리스토퍼 로빈이 다른 친구들에게 소리쳤어.

"조심해!"

요란하게 부딪히는 소리와 찢어지는 소리가 나면서, 모두가 땅 위에 한 무더기로 뒤엉켰어.

크리스토퍼 로빈과 푸와 피글렛이 먼저 일어나서 티거를

일으켜 주었는데, 맨 밑에는 이요르가 깔려 있었단다.

"이런, 이요르! 다쳤니?"

크리스토퍼 로빈은 걱정스레 이요르를 만져보다가 먼지를 털어주고 다시 일어나도록 도와주었어.

이요르는 한참 동안 아무 말이 없었어. 그러다가 이렇게 말했지.

"티거 거기 있어?"

티거는 거기 있었지. 벌써 다시 통통 튀면서 말이야.

크리스토퍼 로빈이 대답했어.

"그래. 티거 여기 있어."

이요르는 말했지.

"그럼, 아주 고맙다고 대신 좀 전해 줘."

5

크리스토퍼 로빈이 아침마다 무엇을 하는지 알았어요

그날도 래빗한테는 바쁜 하루가 될 참이었지. 래빗은 아침에 눈을 뜨면서부터 대단한 존재가 된 기분이었어. 마치 모든 게 자기한테 달린 것 같고 말이야. 뭔가를 조직하거나, 래빗의 서명이 들어간 공고문을 쓰거나, 그 문제를 다른 친구들이 어떻게 생각하는지 알아보기에도 딱 좋은 날이었어. 푸에게 달려가서 "그건 그렇군. 그럼 내가 피글렛한테 전할게"라고 말하고, 피글렛을 찾아가 "푸 생각은…… 그렇지만 내가 아울과 먼저 얘기를 해보는 게 좋겠어"라고 하기에 더없이 완벽한 아침이었던 거야. 그날은 뭔가 *대장 노릇이 어울리는 그런 날*이었어. 모두가 "응, 래빗", "아니, 래빗"을 입 모아 말하고, 래빗의 명령이 떨어지기를 기다리는 그런 날 말이야.

집을 나선 래빗은 코를 벌름거리며 따뜻한 봄날의 아침 공기를 들이마셨어. 그러면서 무엇을 하면 좋을까 생각했지. 가장 가까이에 캥거네 집이 있었고, 캥거네 집에는 루가 있었어. 루는 "응, 래빗" 하고 "아니, 래빗"이라는 말을 숲속 어느 동물보다도 잘 했고. 하지만 그 집에는 얼마 전부터 다른 동물이 하나 더 살고 있었잖아. 통통 튀어 다니는 이상한 티거 말이야. 게다가 그 티거는 어디 가는 길이라도 알려 주려고 할 때면 늘 자기가 먼저 앞장서고, 목적지에 도착해서 우

쫄해하며 "다 왔다!" 하고 말할라치면 어디 갔는지 보이지 않기 일쑤인 *그런 티거*였거든.

"아니야. 캥거네는 안 되겠어."

래빗은 생각에 잠겨 중얼거리면서, 햇볕을 쬐며 수염을 돌돌 말았어. 그리고 캥거네로 가지 않겠다고 다짐하듯 왼쪽으로 돌더니 다른 방향으로 총총 걸어갔지. 그쪽은 크리스토퍼 로빈네 집으로 가는 길이었어.

"어쨌거나 크리스토퍼 로빈은 나한테 의지한단 말이야. 크리스토퍼 로빈은 푸하고 피글렛하고 이요르를 좋아하고, 그건 나도 그렇지만, 걔네들은 머리가 정말 나빠. 신경 쓰지 않아도 돼. 또 크리스토퍼 로빈은 아울을 존경해. '화요일' 철자를 쓸 줄 아는 동물이라면 존경하지 않을 수 없으니까. 뭐, 아울이 정확히 아는 건 아니지만…… 어쨌거나 철자가 전부는 아니라 이거지. 화요일을 철자에 맞게 쓰는 게 별로 중요하지 않은 날들도 있거든. 또 캥거는 루를 돌보느라 너무 바쁘지, 루는 너무 어리지, 티거는 너무 뛰어 다녀서 무슨 도움이 되질 않으니, 잘 살펴보면 사실 나밖에 없는 거야. 가서 크리스토퍼 로빈이 해야 할 일이 있는지 보고 내가 대신 해줘야겠어. 오늘은 일을 하기에 딱 좋은 날이니까."

래빗은 즐겁게 총총 잰걸음을 떼며 걷다가 곧 시내를 건너 **친친**들이 사는 장소에 다다랐어. 이날 아침에는 평소보다 친구와 친척들이 더 많아 보여서, 래빗은 고슴도치에게 고개를 끄덕하고 인사했어. 너무 바빠서 악수를 할 시간은 없었거든. 몇몇에게는 거드름을 피우며 "안녕, 안녕" 인사했고, 체구가 작은 친구들에게는 친절하게도 "아, 거기 있었구나" 하며 어깨 너머로 앞발을 흔들어 주고는 가버렸지. 래빗이 남기고 간 흥분감과 뭔지 모를 묘한 공기 때문에, 헨리 러시와 다른 비틀네 가족 몇몇은 당장 100에이커 숲까지 달려가서 여기저기서 나무 위로 기어오르기 시작했어. 무슨 일이 벌어지든 그 일이 벌어지기 전에 나무 꼭대기에 도착해서 제대로 보면 좋겠다고 생각했거든.

래빗은 한달음에 100에이커 숲 언저리까지 내달리면서 점점 더 특별한 존재가 되는 기분이었지. 그리고 곧 크리스토퍼 로빈이 사는 나무에 도착했단다. 래빗은 문을 두드리고, 한두 차례 큰 소리로 크리스토퍼 로빈을 부른 다음, 뒤로 조금 물러서서 앞발을 들어 햇볕을 가린 채로 나무 꼭대기를 향해서 또 이름을 불렀어. 그러다가 사방에다 대고 "안녕!", "내 말 들리니?", "나 래빗이야!" 하고 외쳤어. 그렇지

만 아무런 대답이 없었지. 래빗이 가만히 서서 귀를 기울이자 온 세상이 래빗과 함께 가만히 귀를 기울였단다. 숲은 햇살에 잠겨 아주 적막하고 고요하고 평화로웠어. 까마득히 높은 저 위에서 종달새 한 마리가 갑자기 노래를 부르기 전까지는 말이야.

"이게 뭐야! 나가고 없잖아."

래빗이 확인만 하려고 다시 초록색 대문 앞으로 돌아갔다가 아침을 전부 망쳐버린 기분으로 돌아서는데, 바닥에 놓인 종이쪽지가 눈에 들어왔어. 핀이 꽂혀 있는 것으로 보아문에 붙여 두었던 쪽지가 떨어진 듯했지.

래빗은 다시 기분이 날아갈 듯 좋아졌어.

"하! 또 공고문이 있네!"

쪽지에는 이렇게 적혀 있었어.

나가씀

고돔

바뿜

고돔

코.르*

"하! 친구들한테 알려 줘야겠어."

래빗은 거드름을 피우며 서둘러 그곳을 떠났지.

그곳에서 가장 가까운 집은 아울네 집이었기 때문에, 래빗은 100에이커 숲에 있는 아울네 집으로 갔어. 아울네 집 앞에 도착한 래빗은 문을 두드린 다음 종을 울리고 다시 종을 울린 다음 문을 두드렸어. 이윽고 아울이 머리를 내밀었지.

* '나갔음, 곧 옴, 바쁨, 크리스토퍼 로빈'의 철자를 틀리게 썼다.

“가 봐. 난 지금 생각을…… 아, 너였어?”

아울을 만나면 처음은 매번 이런 식이었지.

래빗은 간단히 말했어.

“아울. 너하고 난 머리가 있지. 다른 친구들은 솜뭉치밖에 없지만 말이야. 만약 이 숲속에 생각해야 할 일이 있다면, 그러니까 말 그대로 생각이란 걸 해야 한다면, 너하고 내가 해야만 하잖아.”

“그렇지. 내가 하고 있던 게 그거고.”

“이걸 읽어 봐.”

아울은 래빗에게서 크리스토퍼 로빈의 쪽지를 낚아채서 초조하게 들여다보았어. 아울은 자기 이름을 ‘우알’이라고 쓸 줄 알고, 화요일도 수요일이 아니라는 건 알아볼 만큼 쓸 줄 알았어. 읽는 것도 꽤 술술 읽었지. 누가 어깨너머로 들여다보며 계속 "어때?" 해대지만 않는다면 말이야. 거기다 아울은…….

"어때?"

래빗이 말했어.

아울은 거드름을 피우며 생각에 잠긴 얼굴로 말했지.

"그래. 네가 무슨 말을 하는지 알겠어. 의심의 여지가 없군."

"어떤데?"

"정확해. 바로 그거야."

그러더니 조금 생각을 하고 나서 덧붙였어.

"네가 날 찾아오지 않았다면 내가 너한테 가야 했을 거야."

"어째서?"

"바로 그 이유 때문이야."

아울은 그렇게 말하면서, 뭔가 도움이 될 만한 일이 당장 일어나 주길 바랐어.

래빗이 진지하게 말했지.

"어제 아침에도 크리스토퍼 로빈을 만나러 갔었어. 그런데 집에 없더라고. 공고문 하나만 문에 꽂혀 있었어."

"이거랑 같은 공고문이었나?"

"다른 거였어. 그렇지만 뜻은 똑같았어. 정말 괴상한 일이야."

아울은 쪽지를 다시 들여다보았어. 그리고 아주 잠깐 크리스토퍼 로빈의 등*에 무슨 일이 생겼나 하는 궁금증이 났지.

"놀랍군. 네가 어떻게 했는데?"

"아무것도 안 했어."

아울은 사려 깊게 말했어.

"아주 잘했어."

"어때?"

아울은 래빗이 계속 이렇게 물을 줄 알고 있었지.

"틀림없어."

잠깐 동안 아울은 더는 아무런 생각도 나질 않았어. 그러다가 번뜩 좋은 수가 떠올랐지.

* 'Backson(고돔)'을 'Back(등)'으로 잘못 알아들었다.

"래빗, 첫 번째 공고문에 적혀 있던 단어들을 *정확하게* 말해 봐. 이건 아주 중요한 문제야. 모든 게 거기 달려 있다고. 첫 번째 공고문에 쓰인 *정확한* 단어들 말이야."

"정말 이거랑 똑같았어."

아울은 래빗을 쳐다보면서 나무에서 밀어버릴까 말까 생각했어. 하지만 그건 나중에라도 언제든지 할 수 있으니까, 지금은 둘이 나누던 이야기를 풀어보기 위해 한 번 더 노력했지.

아울은 래빗이 아무 말도 한 적이 없다는 듯 말했어.

"정확한 단어를 얘기해 줘."

"그냥 '나가씀 고돔'이라고 적혀 있었어. 이거랑 똑같이. 거기도 '바뿜 고돔'이라고만 되어 있었다니까."

아울은 마음이 놓여 한숨을 푹 내쉬었어.

"아! 이제야 우린 얘기가 어디로 가는 건지 알게 됐어."

"그래. 그런데 크리스토퍼 로빈은 어디로 간 거야? 중요한 건 그거잖아."

아울은 공고문을 한 번 더 들여다보았어. 아울 정도의 학식이 있는 동물에게 공고문을 읽는 일은 어렵지 않았지. 나가씀, 고돔, 바뿜, 고돔. 공고문에 흔히 쓰일 법한 그런 내용

들뿐이었거든.

"이봐, 래빗, 어떤 일이 발생했는지는 아주 명확해. 크리스토퍼 로빈이 어디론가 나갔는데 **고돔**이랑 같이 간 거야. 크리스토퍼 로빈이랑 고돔이 같이 바쁜 일이 있는 거고. 요사이 숲속 어디서 고돔을 본 적 있어?"

"난 모르지. 그것 때문에 널 찾아온 거니까. 고돔이 누구야?

아울이 말했어.

"글쎄, 점박이거나 허브 향이 나는 그냥 어……."

"적어도 이게 사실은 더……."

"물론 나름의 차이가 있는데……."

"그러니까, 실은……."

아울은 솔직하게 말했어.

"나도 누군지 몰라."

"고마워."

래빗은 서둘러 그곳을 떠나 푸를 찾아갔어.

얼마 가지 않았을 때 어떤 소리가 시끄럽게 들렸어. 그래서 래빗은 걸음을 멈추고 귀를 기울였지. 들어 보니 이런 소리였어.

시끄러운 소리, 푸 지음.

오, 나비들이 날아다니네요.
이제 겨울날이 저물어요.
달맞이꽃들도 열심히
　　　　　　눈에 띄려고 해요.
멧비둘기들은 구구 울고요.
나무들은 열심히 일하지요.
제비꽃들이 파래지려면
　　　　　　초록빛이 있어야 하니까요.
오, 꿀벌들은 끈적끈적한
작은 날개로 웅웅 노래해요.
여름이 다가오고 있는데
　　　　　　재미있을 거라고.
젖소들은 구구 우는 것 같고요.
멧비둘기들은 음매음매 우는 것 같아요.
그래서 푸는 푸푸 하는 거예요.
　　　　　　햇볕을 쬐면서요.
봄이 정말 봄봄 하는 덕분이죠.

노래하는 종달새도 볼 수 있고

파란 초롱꽃이 달랑달랑 하는 소리도

들을 수 있는 건 말이에요.

뻐꾸기는 구구 울지 않지만

뻐뻐하고 꾹꾹하고 울지요.

그리고 푸는 그냥 푸푸 그래요.

새처럼 말이에요.

래빗이 인사했어.

"안녕, 푸."

푸는 꿈꾸듯 말했지.

"안녕, 래빗."

"그 노래 네가 만들었어?"

"음, 만든 거랑 비슷해. 머리로 한 건 아니고."

푸는 계속해서 겸손하게 말했어.

"왜냐하면 너도 왜 그런지 알겠지만, 래빗, 가끔 노래가 나한테 와."

"아!"

래빗은 절대 뭐가 올 때까지 가만히 기다리는 법이 없고,

늘 가서 데려오곤 하지.

"어쨌든, 내가 찾아온 이유가 뭐냐면, 너 숲에서 점박이거나 허브 향이 나는 고돔을 한 번이라도 봤어?"

"아니. 점…… 그건 본 적 없는데. 방금 티거 봤어."

"그건 도움이 안 돼."

"그래. 그럴 거라고 생각은 했어."

"피글렛은 봤어?"

푸가 조심스럽게 대답했어.

"응. 그것도 도움이 안 되지?"

"글쎄, 피글렛이 뭘 봤느냐에 따라 다르지."

"피글렛은 날 봤어."

래빗은 푸 옆에 주저앉았다가, 그런 자세로는 중요한 일을 하고 있다는 기분이 별로 들지 않아서 다시 일어섰어.

"이런 걸 묻는 데는 다 이유가 있어. *요즘 크리스토퍼 로빈이 아침마다 무슨 일을 하느냐* 하는 것 때문이지."

"어떤 무슨 일?"

"그러니까, 크리스토퍼 로빈이 아침에 뭘 하는지 네가 본 게 있으면 뭐든 얘기해 볼래? 요 며칠 동안 말이야."

푸가 말했어.

"그럼. 어제는 나랑 같이 아침을 먹었어. 여섯 그루 소나무 옆에서. 내가 작은 바구니에 먹을 걸 담아 갔고.

그냥 조금, 살짝 큰,

약간 보통 정도 큰 편인 바구니에 가득……."

"알았어, 알았어. 내가 묻는 건 그 다음에 말이야. 열한 시에서 열두 시 사이에 크리스토퍼 로빈을 봤어?"

"음, 열한 시에…… 열한 시에…… 그러니까, 열한 시에, 알겠지만 나는 보통 그때쯤엔 집에 가. 왜냐하면 하나, 아니면 두 개 정도 할 게 있거든."

"그럼 열한 시 십오 분 정도엔?"

"음……."

"삼십 분에는?"

"응. 삼십 분에는…… 아니면 더 지나서였나…… 크리스토퍼 로빈을 만났던 것 같은데."

푸는 그제야, 요즘 들어 크리스토퍼 로빈을 별로 만나지 못했다는 게 기억난 거야. 오후에는 봤고, 저녁에도 봤어. 아침을 먹기 전에도. 그래, 아침밥을 먹고 나서 그 다음에 "푸, 또 보자" 하고는 가버렸던 것 같아.

래빗이 말했어.

"바로 그거야. 그게 어디야?"

"크리스토퍼 로빈은 뭔가 찾고 있을 거야."

"뭘?"

"내가 방금 말하려고 했던 게 그거야. 찾고 있는 게 그러니까…… 그게……."

"점박이거나 허브향이 나는 고둠?"

"응, 그런 애. 어쩌면 아닐 수도 있고."

래빗이 푸를 쏘아보았어.

"별로 도움이 안 됐어."

푸는 미안해 했어.

"그럴 거야. 나는 정말 노력한 건데."

래빗은 푸에게 노력해 줘서 고맙다고 인사하고 이제 이요르를 만나러 가야겠다고 말했어. 너도 가고 싶으면 같이 가자고. 하지만 푸는 또 새로운 노래 소절이 찾아오는 느낌이 들어서, 자기는 피글렛을 기다리겠다며, 잘 가, 래빗 하고 말했어. 그래서 래빗은 그곳을 떠났지.

하지만 그러고 나서 먼저 피글렛과 마주친 건 래빗이었어. 이날 피글렛은 아침 일찍 일어나서 제비꽃을 한 다발이나 꺾었지. 꺾은 제비꽃을 단지에 넣어 집 한가운데 두는데, 문득 이요르한테 제비꽃 한 다발을 가져다준 친구가 아무도 없다는 생각이 들었어. 아무리 생각해도 누가 제비꽃 한 다발도 꺾어다 주지 않는 동물로 산다는 건 너무 슬플 것 같았어. 그래서 피글렛은 다시 서둘러 나가면서 까먹을까 봐 "이요르, 제비꽃", "제비꽃, 이요르" 하고 중얼거렸지. 피글렛은 오늘이 좀 그런 날이었거든. 그러고는 제비꽃을 한 다발 꺾어서 종종 달려갔어. 꽃향기를 맡으니 행복한 기분이 밀려들었지. 이요르가 있는 곳에 도착하기 전까지는 말이야.

"아, 이요르."

피글렛은 마음을 약간 졸이며 말을 걸었어. 이요르가 바빠 보였거든.

이요르는 한 발을 들어 피글렛에게 오지 말라는 듯이 흔들었어.

"내일이나 아니면 그다음 날 와."

피글렛은 이요르가 뭘 하는지 보려고 그쪽으로 조금 더 가까이 다가갔어. 이요르 앞 땅바닥에 나뭇가지 세 개가 떨어져 있었는데, 이요르는 그걸 들여다보고 있었어. 나뭇가지 두 개는 한 쪽 끝이 맞닿아 있고 다른 쪽 끝은 떨어져 있었고, 그 위로 나머지 나뭇가지 한 개가 걸쳐져 놓여 있었어. 피글렛은 그것이 어떤 함정일지 모른다고 생각했어.

피글렛은 다시 말을 걸었어.

"아, 이요르. 잠깐……."

"거기 꼬마 피글렛이니?"

이요르는 그렇게 물으면서도, 여전히 나뭇가지를 열심히 들여다보고 있었지.

"그래, 이요르. 그런데 난……."

"넌 이게 뭔지 알아?"

"아니."

"이건 에이(A)야."

"오!"

"오가 아니라 에이. 귀가 안 들리는 거야, 아니면 네가 크리스토퍼 로빈보다 더 많이 안다고 생각하는 거야?"

이요르는 매몰차게 말했어.

"그래. 아, 아니."

피글렛은 얼른 말을 바꾸고는 이요르한테 더 가까이 다가갔어.

"크리스토퍼 로빈이 이건 에이라고 그랬어. 그럼 이건 에이야…… 누가 나를 밟고 지나가기 전까진."

이요르는 엄중히 덧붙여 말했지.

피글렛은 부리나케 뒤로 폴짝 물러나서 제비꽃 향기를 맡았어.

"꼬마 피글렛, 넌 에이가 무슨 뜻인지 아니?"

"아니, 이요르. 난 몰라."

"그건 *배움*이고, *교육*이고, 너랑 푸한테는 없는 모든 것을 의미하지. 그게 바로 에이의 뜻이야."

"아."

피글렛은 또 이렇게 말했다가 냉큼 설명했어.

"'그래?' 하는 뜻으로 말한 거야."

"그래, 정말이야. 사람들은 이 숲을 오가며 말해. '그냥 이요르잖아. 그러니까 중요하지 않아.' 이리저리 거닐면서 '하하!' 웃지. 그런데 그들이 에이에 대해 뭘 알까? 몰라. 그 사람들에게 이건 그저 나뭇가지 세 개일 뿐이야. 하지만 *학식이 있는 자*들에겐, 꼬마 피글렛, 이건 중요한 얘기야. *학식 있는 자*들 말이야. *푸*들이나 *피글렛*들이 아니고. 그들에게 이건 엄청나게 크고 아름다운 에이야. *아무나* 와서 함부로 더럽혀도 되는 나무토막 따위가 아니라."

피글렛은 불안한 듯 뒤로 물러서서, 누가 도와주러 오지 않을까 두리번거렸어. 그러다가 반갑게 말했지.

"래빗이 오네. 안녕, 래빗."

래빗은 거드름을 피며 다가와서 피글렛에게 고개를 까딱이고는, 이삼 분만에 '그럼 갈게'라고 할 것만 같은 목소리로 말했어.

"아, 이요르, 너한테 뭐 하나만 물어보려고. 요즘 아침마다 크리스토퍼 로빈한테 무슨 일이 있는 거야?"

이요르는 여전히 나뭇가지만 바라보며 물었어.

"내가 지금 뭘 보고 있게?"

래빗은 단박에 말했단다.

"나뭇가지 세 개잖아."

"봤지?"

이요르가 피글렛에게 말하고는 래빗을 돌아보더니, 무게

를 잡으며 말했어.

"이제 네 질문에 대답할게."

"고마워."

"크리스토퍼 로빈이 아침마다 뭘 하냐고? 공부를 해. 교육을 받고 있지. 크리스토퍼 로빈은 지식을 탐…… 크리스토퍼 로빈이 이렇게 말한 것 같은데 어쩌면 내가 다르게 말하는 걸 수도 있지만, 어쨌든 지식을 **탐고**해. 나도 보잘것없지만 나름의 방식으로, 저 단어가 맞는다면, 크리스토퍼 로빈과 같은 걸 하고 있지. 이를테면 저건……."

래빗은 말했어.

"에이구나. 그런데 그렇게 잘 쓴 글씨는 아니야. 그럼 난 돌아가서 다른 친구들에게 알려 줘야겠어."

이요르는 나뭇가지들을 한 번 보고는 피글렛을 쳐다보았어.

"래빗이 뭐라고 했어?"

피글렛은 말했어.

"에이라고."

"네가 알려줬어?"

"아니야, 이요르. 난 알려주지 않았어. 그냥 래빗이 알고 있었던 것 같은데."

"래빗이 알고 있었다고? 이 에이 자가 저 래빗도 아는 글자라는 거야?"

"그래, 이요르. 래빗은 똑똑하잖아. 래빗은 그래."

"똑똑하다고!"

이요르는 비웃듯이 말하면서 한 발로 세 나뭇가지를 쿵 밟았어.

"교육이라고!"

이요르는 씁쓸하게 말하면서, 이제 여섯 조각이 된 나뭇가지 위로 쿵쿵 뛰었어.

"배움이 다 뭔데!"

이요르는 그렇게 말하며, 열두 조각이 난 나뭇가지들을 뻥 차서 날려버렸지.

"래빗도 다 아는 걸! 하!"

피글렛은 조마조마해 하며 입을 열었어.

"내 생각엔……."

이요르는 말했지.

"생각하지 마."

"내 생각엔 제비꽃이 아주 예쁜 것 같아서."

피글렛은 그렇게 말하고 자신이 꺾어 온 꽃다발을 이요르 앞에 내려놓고는 쏜살같이 달아났어.

다음 날 아침, 크리스토퍼 로빈네 집 문에는 이런 공고문이 붙어 있었지.

나갔음

곧 옴

크리스토퍼 로빈

이렇게 해서 이제 숲속 동물들은, 물론 점박이거나 허브 향이 나는 고돔은 빼고, 모두 다 아침마다 크리스토퍼 로빈이 뭘 하는지 알게 되었대.

6

푸가 푸막대기를 만들어서 이요르도 함께 놀았어요

숲 언저리에 다다를 때쯤 시내는 점점 커져서 강이나 다름없어 보였어. 커서 강이 된 다음에는 어린 시내였을 때처럼 달리거나 콩콩 뛰어오르면서 경쾌하게 반짝거리지 않고, 좀 더 느릿느릿 움직였단다. 강물은 이제 어디로 흘러가는지 알고 있기 때문에 혼자서 속삭거렸어. "서두를 필요 없어. 언젠가는 도착할 거야." 하지만 숲 위에서 흐르는 꼬마 냇물들은 열심히 이리저리로 길을 내며 바쁘게 흘러 다녔어. 늦기 전에 찾고 보아야 할 게 너무 많았거든.

외지에서 숲으로 들어올 땐 넓은 길을 따라 들어와야 하는데, 그 길은 차가 다니는 도로만큼이나 넓었어. 그런데 그 전에 이 강을 먼저 건너야 했지. 강을 건너는 곳에는 거의 길만큼 널따란 나무다리가 놓여 있었고, 다리 양옆으로는 나무 난간이 세워져 있었어. 크리스토퍼 로빈은 원하면 난간 윗단에 간신히 턱을 괼 수 있었지만 난간 아랫단에 올라서는 쪽이 더 재미있었지. 아랫단에 올라서면 난간 위로 몸을 내밀고 밑에서 미끄러지듯 유유히 흐르는 강물을 지켜볼 수가 있었거든. 푸는 원하면 난간 아랫단에 턱을 괼 수 있었는데, 그보다는 바닥에 엎드려서 난간 밑으로 머리를 들이밀고 저 밑에서 미끄러지듯 유유히 흐르는 강물을 지켜보는 편이 더 재미있었어. 그리고 피글렛과 루는 달리 선택의 여지없이 푸처럼 해야만 강물을 보기라도 할 수가 있었단다. 그 둘은 너무 작아서 난간 아랫단에 턱이 닿지 않았거든. 그래서 피글렛과 루는 바닥에 엎드려서 지켜보았고…… 강물은 아주 천천히, 전혀 급할 것 없는 자태로 흘러갔지.

어느 날, 푸는 이 다리가 있는 곳으로 걸어가면서 전나무 열매에 대한 시를 하나 지으려고 애쓰고 있었어. 전나무 열매들이 길을 따라 양쪽으로 떨어져 있었는데 푸가 보기에 거기에 시가 들어 있는 것 같아서 노래하고 싶었거든. 푸는

전나무 열매를 하나 집어 들고 바라보면서 중얼거렸어.

"이건 아주 멋진 전나무 열매니까, 뭔가 여기에 꼭 맞는 시가 있을 거야."

그런데 아무 생각도 떠오르지 않았어. 그러다가 문득 머릿속으로 이런 시가 들어왔지.

수수께끼에 싸인
작은 전나무 하나
아울은 그게 자기 나무라 하고
캥거도 그게 자기 나무라 하고

"이건 말이 안 돼. 캥거는 나무에 살지 않잖아."

푸는 이제 막 다리에 도착했어. 그런데 앞을 잘 보지 않고 걷다가 뭔가에 발이 걸려 넘어지는 바람에 전나무 열매가 앞발에서 툭 빠져나와 강 속으로 떨어져 버린 거야.

"이게 뭐람."

전나무 열매가 다리 아래로 천천히 떠내려가자, 푸는 시가 꼭 어울리는 다른 전나무 열매를 가지러 되돌아갔어. 그런데 그러다가 전나무 열매를 줍지 말고 그냥 강을 봐야겠다는 생각이 들었어. 그날은 그런 평화로운 기분 같은 게 드는 날이었거든. 그래서 푸는 편하게 누워 강을 내려다보았고, 강물은 저 밑에서 천천히 미끄러지듯 흘러가는데…… 언뜻 푸가 떨어뜨렸던 전나무 열매도 떠내려가는 게 보이는 거야.

"이상하네. 저 열매는 저 맞은편에서 떨어뜨렸잖아. 그런데 이쪽으로 나오다니! 또 떨어뜨려도 그럴까?"

푸는 왔던 길로 돌아가서 열매를 몇 개 더 주워 왔어.

그랬어. 계속 그런 식으로 떠올랐던 거야. 푸는 전나무 열매 두 개를 한 번에 떨어뜨린 다음, 다리 위로 몸을 내밀고 어떤 열매가 먼저 떠오르는지 지켜보았어. 열매 하나가 먼저 떠올랐는데, 둘 다 같은 크기이다 보니 푸는 그게 둘 중에 이기기를 바랐던 그 열매인지 아니면 다른 열매인지 알 수가 없었어. 그래서 다음 번에는 큰 열매 한 개랑 작은 열매 한 개를 같이 던졌지. 그랬더니 푸가 그럴 거라고 예상했던 대로 큰 열매가 먼저 떠올랐고, 또 푸가 그럴 거라고 예상했던 대로 작은 열매가 나중에 떠올라서, 푸는 두 번을 이긴 데다가…… 간식을 먹으러 집으로 돌아갈 때까지 푸는 서른여섯 번 이기고 스물여덟 번 졌는데, 다시 말해서 푸는…… 그러니까 푸는…… 네가 한 번 서른여섯에서 스물여덟을 빼 봐. 그게 바로 *푸가 해낸 일*이었어. 그 반대가 아니란 거지.

그렇게 해서 시작된 놀이 이름이 **푸막대기**였어. 푸가 이 놀이를 발명했고, 친구들은 숲 언저리에서 함께 이 놀이를 하며 놀았는데, 전나무 열매 대신 막대기를 던졌거든. 막대기가 더 구별하기 쉬우니까.

어느 날 푸하고 피글렛하고 래빗하고 루가 다 함께 푸막대기를 하고 있었단다. 래빗이 "시작!"이라고 말하면, 모두 막대기를 떨어뜨린 다음 얼른 다리 건너편으로 달려가서 다 함께 강 위로 몸을 내밀고 누구 막대기가 제일 먼저 떠오르나 지켜보았지. 그런데 막대기가 떠오를 때까지 시간이 오래 걸렸어. 그날따라 강이 한껏 여유를 부리면서 언젠가 도착하든 말든 신경도 쓰지 않는 것처럼 보였거든.

루가 소리쳤어.

"내 막대기가 보여! 아니야. 안 보여. 막대기인 줄 알았는데 다른 거였어. 네 막대기 보여, 피글렛? 내 막대기가 보이는 줄 알았는데 그게 아니었어. 저기 있다! 아니네. 넌 보여, 푸?"

"아니."

루가 말했어.

"내 막대기는 어디 걸린 것 같아. 래빗, 내 막대기가 걸렸어. 피글렛, 네 것도 걸렸어?"

래빗이 말했어.

"원래 시간이란 건 늘 생각보다 더 걸리기 마련이야."

"얼마나 오래 걸리는데?"

그때 갑자기 푸가 말했어.

"피글렛, 네 막대기가 보여."

피글렛은 떨어질까 무서워서 몸을 많이 내밀지 못했어.

"내 건 약간 회색 비슷한 색이야."

"그래, 그게 보여. 지금 내 쪽으로 오고 있어."

래빗은 평소보다 더 많이 몸을 쭉 빼고는 자기 막대기를 찾았고, 루는 발을 동동 구르면서 "나와라, 막대기야! 막대

기야, 막대기야, 막대기야!"라고 외쳤어. 보이는 막대기가 하나뿐이라는 건 곧 이기고 있다는 뜻이었기 때문에 피글렛은 아주 흥분한 상태였지.

푸가 말했어.

"온다!"

피글렛이 흥분해서 찍찍거리며 물었어.

"정말 내 거 맞아?"

"그래. 색이 회색이거든. 커다랗고 회색이야. 온다! 아주…… 큰…… 회색…… 아, 아냐. 그게 아냐. 이요르야."

둥둥 떠오른 건 바로 이요르였어.

모두들 외쳤지.

"이요르!"

매우 침착해 보이고, 매우 도도해 보이는 모습으로, 다리는 공중으로 뻗어 올린 채, 이요르가 다리 밑에서 떠내려 왔어.

루가 잔뜩 흥분해서 소리쳤어.

"이요르다!"

이요르는 작은 소용돌이에 갇혀 빙글빙글 세 바퀴를 천천히 돌면서 말했어.

"그러니? 몰랐네."

루가 말했어.

"난 너도 놀고 있는지 몰랐어."

"노는 거 아니야."

래빗이 물었어.

"이요르, 거기서 뭘 하는 거야?"

"세 가지 보기를 줄 테니까 맞혀 봐, 래빗. 땅에 굴을 파고 있다? *땡*. 어린 떡갈나무에 올라가 이 가지 저 가지로 뛰어다니고 있다? *땡*. 누가 나를 강물에서 건져 주기를 기다리고 있다? *딩동댕*. 래빗은 시간만 있으면 언제나 정답을 맞히지."

푸는 괴로워하며 말했어.

"우리가 뭘…… 그러니까 우리가 어떻게…… 네 생각엔 우리가……."

이요르는 말했어.

"그래. 그 셋 가운데 하나가 딱 제격이야. 고맙다, 푸."

루는 무척이나 깊은 감명을 받은 듯했어.

"이요르가 빙글빙글 돌고 있어."

이요르는 쌀쌀맞게 말했지.

"왜, 안 돼?"

루는 으쓱했어.

"나도 수영할 줄 알아."

이요르는 천천히 돌면서 말했어.

"빙글빙글 돌진 못하잖아. 이게 훨씬 더 어려워. 난 오늘 전혀 수영을 하고 싶지 않았다고. 하지만 어차피 들어왔으니까 연습 삼아 오른쪽에서 왼쪽으로 가볍게 원운동을 하기로 마음을 먹었지."

이요르는 다른 소용돌이로 빠져들면서 이어서 말했어.

"아니, 왼쪽에서 오른쪽이라고 말해야겠지. 이제는 바뀌었으니까. 어쨌든 그렇다면 이건 어느 누구의 일도 아닌 나의 일이야."

잠깐 동안 모두가 생각에 잠기면서 침묵이 흘렀어.

마침내 푸가 침묵을 깼지.

"나 어떤 방법 같은 게 생각났어. 그런데 그렇게 좋은 방법은 아닌 것 같아."

이요르는 말했어.

"내 생각도 그래."

래빗이 말했어.

"말해 봐, 푸. 한번 들어 보자."

"그러니까, 우리가 전부 강에다가 돌이랑 이런저런 걸 던지는 거야. 이요르 한쪽 옆으로만 말이야. 그러면 돌 때문에 물결이 칠 거고, 물결이 치면 이요르가 물결에 쓸려서 반대쪽으로 갈 거야."

"정말 좋은 생각이야."

래빗이 말하자, 푸는 다시 표정이 밝아졌어.

이요르는 말했어.

"그거야. 푸, 내가 쓸려가고 싶을 때 너한테 말해 줄게."

피글렛은 걱정스레 물었어.

"잘못해서 이요르가 맞으면 어떡해?"

이요르는 말했지.

"아니면 잘못해서 이요르가 맞지 않을 수도 있고. 피글렛, 마음먹고 실컷 즐기기 전에 모든 가능성을 빼놓지 말고 따져 봐야지."

하지만 푸는 벌써 자신이 들 수 있는 제일 커다란 돌을 가져와서, 앞발로 집어든 채 다리 위로 몸을 내밀고 서 있었어.

"이요르, 난 이 돌을 던지려는 게 아니라 떨어뜨리려는 거야. 그러면 네가 맞지 않을 리…… 그러니까 네가 맞을 리가 없다고. 빙글빙글 도는 걸 잠깐 멈춰 줄 수 있어? 돌고 있어서 좀 헷갈리거든."

"아니. 나는 도는 게 좋아."

래빗은 자신이 앞에 나서서 지휘를 맡아야 할 때가 왔다는 생각이 들었어.

"자, 푸. 내가 '지금이야!' 하고 말할 때 돌을 떨어뜨리면 돼. 이요르, 내가 '지금이야!' 하고 말하면 푸가 돌을 떨어뜨릴 거야."

“정말 고마워, 래빗. 그렇지만 그건 나도 알 수 있을 것 같아.”

“푸, 준비 됐어? 피글렛, 푸한테 조금만 자리를 비켜 줘. 루, 거기서 조금만 뒤로 나와. 준비 됐어?”

이요르가 말했어.

“아니.”

“*지금이야!*”

래빗이 소리치자, 푸가 돌을 떨어뜨렸어. 첨벙, 요란스럽게 물이 튀면서, 이요르가 사라졌어…….

다리 위에서 지켜보던 친구들에게는 마음 졸이는 순간이었지. 일행은 하염없이 물속을 들여다보았어…… 피글렛의

막대기가 모습을 드러내고 금세 뒤이어 래빗의 막대기가 떠오르는 광경을 보고도 생각만큼 기쁘지가 않았단다. 그러다가 푸가 돌을 잘못 고른 게 아니면, 강을 잘못 골랐거나, 날을 잘못 골라서 이 방법이 안 먹히는 거란 생각을 막 하던 참이었어. 회색빛이 도는 무언가가 언뜻 강비탈 쪽에 나타났다가…… 조금씩 조금씩 커지더니…… 마침내 이요르가 나온 거야.

모두들 함성을 질러대면서 다리에서 뛰어나와 이요르를 밀고 당기고 했어. 곧 이요르는 친구들과 함께 육지 위에 섰지.

"아, 이요르, 너 흠뻑 젖었어!"

피글렛은 이요르를 더듬더듬 만지면서 말했어.

이요르는 몸을 흔들어 물을 털고는, 오랜 시간 동안 강 속에 들어가 있으면 어떤 일이 일어나는지 누가 피글렛한테 설명 좀 해주라고 부탁했지.

래빗이 친절하게 말했어.

"잘했어, 푸. 우리 방법이 좋았어."

이요르가 물었어.

"방법이 뭐였는데?"

"너를 이렇게 비탈로 밀어낸 거 말이야."

이요르는 깜짝 놀라며 말했어.

"나를 밀어냈다고? 나를 밀어내? 나를 밀어냈다고 생각하는 거야? 난 잠수한 거야. 푸가 나한테 커다란 돌덩이를 떨어뜨리는 바람에 그게 가슴에 쿵 떨어질까 봐 물속으로 들어가 비탈까지 헤엄을 친 거라고."

피글렛은 푸를 위로하듯이 귓속말로 소곤거렸어.

"사실은 안 그랬는데."

푸는 걱정스레 말했어.

"나는 안 그랬다고 생각했어."

"이요르가 하는 말이잖아. 난 네가 생각한 방법이 정말 좋은 방법이라고 생각했어."

푸는 마음이 조금 더 편해지기 시작했어. 머리가 아주 나쁜 곰은 어떤 일을 생각하면, 마음속에서는 그 일이 아주 생생하고 확실한데 밖으로 나와서 다른 이들 눈앞에 펼쳐질 땐 전혀 딴판이 되어 버릴 때도 가끔 있거든. 어쨌든 이요르는 강 속에 있었지만 지금은 강 속에 있지 않고, 푸가 어떤 해를 끼친 것도 아니었으니까.

이요르가 피글렛의 손수건으로 몸을 닦고 있는데 래빗이 물었어.

"이요르, 거긴 어쩌다가 떨어진 거야?"

"떨어진 게 아니야."

"그렇지만 어떻게……."

"나는 *튕겨 나갔어*."

루는 흥분해서 말했지.

"하! 누가 밀었어?"

"누군가 나한테 **튀어든** 거지. 나는 그냥 강가에서 생각을 하고 있었어. 생각을 하는 중이었다고. 너희들 가운데 그게 무슨 뜻인지 아는 녀석이 있는지 모르겠지만, 그러고 있는데 뭐가 나한테 왈카닥 **튀어든** 거야."

다 함께 말했어.

"아, 이요르!"

래빗은 예리하게 물었어.

“미끄러지지 않은 게 확실해?”

“당연히 미끄러졌지. 미끄러운 강비탈에 서 있는데 누가 뒤에서 냅다 **튀어들면** 누구라도 미끄러질 수밖에. 내가 뭘 어쨌다고 생각한 거야?”

“그렇지만 누가 그랬지?”

루가 물었어.

이요르는 대답하지 않았어.

피글렛이 쭈뼛거리면서 말했어.

“티거가 그랬을 거야.”

푸가 말했어.

"그렇지만 이요르, 장난을 친 거였어, 아니면 사고였어? 그러니까 내 말은……."

"나도 끊임없이 물었어, 푸. 저 강바닥에 가라앉아 있을 때조차 쉬지 않고 자문했지. '이건 *순수한 장난*일까. 아니면 *아주 우연한 사고*일까?' 물 위로 떠오르는 순간 '젖었군' 하는 생각이 들었어. '젖었군.' 무슨 말인지 알겠지만."

"티거는 어디에 있었는데?"

래빗의 물음에 이요르가 뭐라고 대답할 새도 없이, 뒤쪽에서 요란한 소리가 들리더니 덤불 울타리를 헤집고 바로 그 티거가 나타났어.

티거가 활기차게 인사했단다.

"모두들 안녕."

루도 인사했지.

"티거, 안녕."

래빗은 갑자기 목에 잔뜩 힘을 주더니 근엄하게 말했지.

"티거, 지금 방금 무슨 일이 있었던 거지?"

티거는 약간 불안해 하며 물었어.

"방금 언제?"

"네가 이요르한테 튀어들어 강에 빠지게 했을 때 말이야."

"나 이요르한테 튀어들지 않았는데."

이요르가 퉁명스레 말했어.

"넌 나한테 튀어들었어."

"나 정말 안 했어. 내가 기침을 했는데 어쩌다 보니 이요르가 내 앞에 있었고, 난 '*으르르릉 어푸푸푸 푸치키치키 치키츠*'라고 했어."

"왜 그래? 피글렛, 괜찮아."

래빗이 피글렛을 일으켜 세워 몸에 묻은 흙을 털어 주며 물었어. 피글렛은 잔뜩 긴장한 목소리로 말했어.

"소리가 갑자기 들려서 놀랐어."

이요르가 말했지.

"그게 바로 내가 말하는 **튀어든다**는 거야. 남들을 갑자기 놀라게 하는 거. 아주 기분 나쁜 습관이지. 난 티거가 숲에서 지내는 건 상관없어. 여긴 큰 숲이라서 튀어 다닐 공간도 많으니까. 그렇지만 왜 티거가 숲속 조그만 모퉁이에 있는 내 자리까지 와서 튀어 다녀야 하는지 이해가 안 돼. 내 작은 모퉁이에 뭐 엄청나게 멋진 거라도 있다면 모를까. 물론 춥고 습하고 지저분한 곳을 좋아하는 사람들한테는 거기가 좀 특별하긴 하지. 하지만 그게 아니라면 거긴 그냥 구석 자리에 지나지 않는다고, 누구든지 튀어대고 싶으면……."

티거가 뿌루퉁하니 말했어.

"나는 튀어대는 게 아니야. 난 기침을 한 거야."

"튀어댔든 캑캑댔든, 강바닥에 가라앉고 나면 그게 그거야."

래빗은 말했어.

"음, 내가 말할 수 있는 건…… 음, 저기 크리스토퍼 로빈이 오니까 크리스토퍼 로빈이 대신 말할 거야."

크리스토퍼 로빈은 숲에서 나무다리 쪽으로 걱정 없이 밝고 가벼운 마음으로 내려왔어. 이 곱하기 십구 같은 건 조금도 중요하지 않은 것만 같은, 그런 행복한 오후였거든. 크리스토퍼 로빈은 그런 생각도 했어. 다리 난간 아랫단에 올라서서 몸을 내밀고 저 밑으로 천천히 미끄러지듯 흘러가는 강물을 내려다보고 있는데, 어느 순간 알아야 할 모든 것을 알게 돼서 푸한테 가르쳐 줄 수 있게 되는 거지. 푸는 잘 모르는 것들도 있으니까. 그런데 다리에 다다른 크리스토퍼 로빈은 동물들이 전부 그곳에 모여 있는 걸 보았어. 그날 오후는 자기가 생각했던 그런 오후가 아니라, 뭔가를 해야 하는 그런 오후라는 것도.

래빗이 설명을 시작했어.

"그게 이렇게 된 거야, 크리스토퍼 로빈. 티거가……."

티거가 말했어.

"난 안 그랬어."

이요르는 말했지.

"글쎄, 어쨌든, 거기에 내가 있었잖아."

푸는 말했어.

"그렇지만 티거가 그러려고 한 건 아닐 거야."

피글렛은 말했어.

"티거가 튀어 다니는 건 맞지만 그건 티거도 어쩔 수 없어."

루가 안달복달하며 말했지.

"티거, 나한테 튀어들어 봐. 이요르, 티거가 나한테 해볼 거야. 피글렛, 네 생각엔……."

래빗은 말했단다.

"자, 자, 우리가 전부 한꺼번에 말을 하면 안 돼. 중요한 건, 크리스토퍼 로빈은 이 문제를 어떻게 생각하느냐 이거야."

티거는 말했어.

"나는 기침밖에 안 했어."

이요르가 말했어.

"티거가 나한테 튀어들었어."

티거는 말했지.

"글쎄, 내가 **튀침** 같은 건 했지."

래빗이 앞발을 들었어.

"쉿. 크리스토퍼 로빈은 이 일을 다 어떻게 생각해? 그게 중요해."

크리스토퍼 로빈은 이게 다 무슨 일인지 확실히 몰랐어.

"음, 내 생각에는……."

모두가 귀를 기울였어.

"네 생각에는?"

"내 생각에는 우리 모두 푸막대기를 해야 할 것 같아."

그래서 모두들 그렇게 했단다. 이 놀이를 한 번도 해본 적이 없었던 이요르가 다른 친구들보다 더 많이 이겼지. 루는 강에 두 번 빠졌는데, 첫 번째는 어쩌다가 빠진 거고 두 번째는 일부러 빠진 거였어. 왜냐하면 갑자기 숲에서 캥거가 나오는 걸 보고는 이제 잠자리에 들 시간이라는 걸 알았거든. 그래서 래빗도 그 둘과 함께 가겠다고 했어. 티거하고 이요르도 같이 갔어. 이요르가 티거한테 푸막대기에서 이기는 법을 알려주고 싶어 했거든. 막대기를 까딱까딱 하면서 약간 휙 젖히듯이 떨어뜨리면 돼, 티거, 무슨 말인지 알지 모르겠지만, 하면서 말이야. 크리스토퍼 로빈과 푸와 피글렛 이렇게 셋만 다리에 남았지.

한참 동안 셋은 저 밑으로 흐르는 강물만 내려다보면서 아무도 말을 하지 않았어. 강도 말이 없었지. 이런 여름날 오후에는 강도 조용하고 평화로운 기분을 느끼거든.

피글렛이 나른하게 말했어.

"티거는 괜찮아. 정말로."

크리스토퍼 로빈이 말했어.

"당연하지."

푸는 말했어.

"모두 다 정말 그래. 그게 내 생각인데, 그런데 괜찮은 생각이 아닌 것 같아."

크리스토퍼 로빈은 말했어.

"당연히 괜찮은 생각이지."

7

티거는 튀어대는 게 아니에요

어느 날 피글렛은 래빗과 함께 푸네 집 문 앞에 앉아서 래빗이 하는 말을 듣고 있었어. 푸는 그 옆에 같이 앉아 있었고. 나른한 여름날 오후에 숲속은 평화로운 소리들로 가득했는데, 푸한테는 그 소리들이 마치 "래빗이 하는 말 듣지 말고 내 소리에 귀 기울여 봐"라고 말하는 것 같았어. 그래서 푸는 래빗이 하는 이야기를 흘려듣기 좋게, 편하게 자세를 잡은 다음 이따금 한 번씩 눈을 뜨고 "아하!"라고 했다가 다시 눈을 감고 "맞아!"라고 말했지. 피글렛은 래빗이 이따금씩 "무슨 말인지 알 거야, 피글렛"이라며 진지하게 확인하면 알았다는 걸 보여주려고 진지하게 고개를 끄덕이고 말이야.

래빗은 마침내 이렇게 이야기를 끝냈어.

"사실, 티거가 요즘 들어 부쩍 튀어대기도 하고, 우리가 티거한테 교훈을 가르쳐줄 때가 됐어. 그렇지 않니, 피글렛?"

피글렛은 티거가 무척이나 통통 튄다며, 티거를 튀어 다니지 않게 할 방법을 생각할 수 있다면 그 방법은 아주 좋은 방법일 거라고 말했어.

래빗이 말했지.

"그게 딱 내 생각이야. 푸, 넌 어때?"

푸는 눈을 번쩍 뜨며 말했어.

"몹시."

"몹시라니, 뭐가?"

"네가 말한 거. 보나마나야."

피글렛이 정신 차리라는 듯이 푸 옆구리를 쿡 찔렀는데, 푸는 자꾸만 자기가 어디 딴 데 간 것 같아서 천천히 일어나 자기를 찾아보았어.

피글렛이 물었어.

"그런데 어떻게 하면 될까? 래빗, 어떤 교훈을 가르치자는 거야?"

"중요한 게 바로 그거야."

'교훈'이라는 단어를 들으니, 푸는 이 단어를 전에도 어디선가 들어본 것 같았어.

푸는 말했어.

"**곱쩔곱파기**라는 게 있어. 전에 한 번 크리스토퍼 로빈이 나한테 가르쳐 주려고 했는데, 그게 안 했어."

래빗이 말했어.

"안 하다니, 뭐가?"

피글렛이 말했지.

"뭘 안 했는데?"

푸는 고개를 저었어.

"나도 몰라. 그냥 안 했어. 우리가 무슨 얘기를 하고 있었더라?"

피글렛은 나무라듯이 말했어.

"푸. 래빗이 말하는 거 안 들었던 거야?"

"들었는데 귀에 작은 보풀이 있었어. 래빗, 한 번만 더 얘기해 줄래?"

래빗은 했던 말을 또 하는 건 아무 상관없었기 때문에 푸에게 어디서부터 얘기를 하면 되겠느냐고 물었어. 푸는 자기 귀에 보풀이 일어났을 때부터라고 대답했고 래빗은 그게 언제였냐고 물었지. 푸가 잘 들리지 않았기 때문에 모른다고 말하자, 피글렛이 나서서 자기들이 뭘 하려고 하는 건지 말해주면서 상황을 정리했어. 우리 셋이 지금 티거한테서 통통 튀는 버릇을 없앨 방법을 찾으려는 거라고, 아무리 티거가 좋아도 티거가 통통 튀어대는 건 사실이라고 말이야.

푸가 말했어.

"아, 그렇구나."

래빗이 말했지.

"티거는 너무 지나쳐. 그래서 이렇게 된 거라고."

푸는 열심히 생각했어. 그런데 아무런 도움이 되지 않는 것들만 자꾸 떠올랐지. 그래서 푸는 혼자서 아주 조그만 소리로 노래를 부르기 시작했어.

만약에 래빗이
더 크고
더 뚱뚱하고
더 힘이 셌다면,
아니 티거보다
더 컸다면,
만약에 티거가 더 작았다면,
그럼 티거의 나쁜 습관은,
래빗한테 튀어드는 그 습관은
중요하지
않을 텐데.
만약에 래빗이

더 키가 컸다면.

래빗이 말했어.

"뭐라고 한 거야? 어디 쓸 데 있는 거야?"

푸는 슬프게 말했어.

"아니야. 쓸 데 없어."

래빗은 말했어.

"어쨌든, 나한테 좋은 방법이 있어. 한번 들어 봐. 우리가 티거를 데리고 멀리 탐험을 떠나는 거야. 티거가 한 번도 가 본 적 없는 어디론가 말이야. 그리고 거기서 티거를 잃어버렸다가 다음날 아침에 다시 찾는 거지. 그러면, 이게 중요한 부분인데, 티거는 완전히 딴판으로 변해 있을 거야."

푸가 물었어.

"왜?"

"왜냐하면 겸손한 티거가 되어 있을 테니까. 왜냐하면 슬픈 티거, *우울한* 티거, *소심하고 가엾은* 티거가 되어 있을 테고, '*오, 래빗을 만나서 기뻐!*' 하는 티거가 되어 있을 테니까. 그게 이유야."

"나랑 피글렛을 만나도 기뻐할까?"

"물론이지."

푸가 말했어.

"그거 좋겠다."

피글렛은 잘 모르겠다는 듯이 말했어.

"난 티거가 계속 슬퍼하며 지내는 건 싫은데."

래빗이 설명을 해주었지.

"티거들은 절대로 계속 슬퍼하지 않아. 눈 깜짝할 새에 슬픔을 이겨낸다니까. 내가 아울한테 물어봤어. 그냥 확인 차원에서 말이야. 아울도 티거들이 슬픔을 이겨낼 땐 항상 그렇다고 했어. 하지만 티거한테 단 오 분만이라도 소심하고 슬픈 기분을 느껴보게 할 수 있다면, 우린 착한 일을 하는 셈이야."

피글렛은 물었어.

"크리스토퍼 로빈도 그렇게 생각할까?"

"그럼. 크리스토퍼 로빈도 '너 정말 착한 일을 했구나, 피글렛. 내가 직접 하려고 했는데, 마침 다른 할 일이 있었거든. 피글렛, 고마워' 하고 말할 거야. 물론 푸한테도 그렇고."

피글렛은 이 말을 듣고 기분이 아주 좋아져서, 단숨에 셋이서 티거한테 하려는 일이 좋은 일처럼 보였고, 푸하고 래빗까지 함께하는 거라면 아주 작은 동물이라도 아침에 일어나서 마음 편히 할 수 있는 그런 일로 여겨졌어. 그렇다면 이제 한 가지 남은 문제는, 티거를 어디에서 잃어버려야 하나 하는 것이었지.

래빗이 말했어.

"우린 티거를 데리고 북극으로 갈 거야. 북극 찾기가 아주 긴 탐험이니까, 북극을 다시 **안 찾아내기**도 티거한테 아주 긴 탐험이 될 거야."

이번에는 푸가 아주 기분이 좋아질 차례였지. 북극을 제일 먼저 발견한 게 바로 푸였잖아. 그곳에 가면 티거도 '**발견자 푸, 푸가 북극을 찾아냈다**'라고 적힌 팻말을 볼 테고, 그럼 곰돌이 푸가 어떤 곰이라는 걸, 아마 지금은 모르는 것 같지만 곧 알게 될 테니까. 푸가 *그런* 곰이란 걸 말이야.

그렇게 셋은 다음날 아침에 출발하기로 약속을 정했고, 캥거랑 루랑 티거네 집에서 제일 가까이 사는 래빗은 당장 캥거네로 가기로 했어. 가서 티거에게 "내일 뭐해? 할 일 없으면 푸랑 피글렛이랑 불러서 같이 탐험 갈래?" 하고 물어봐야 하니까. 티거가 "그래"라고 하면 된 거고, 만약 "안 돼"라고 하면…….

"안 된다곤 안 할 거야. 나한테 맡겨."

래빗은 그렇게 말하고 부지런히 집으로 돌아갔어.

이튿날은 완전히 다른 날이었어. 덥고 햇볕이 내리쬐는 날이 아니라 춥고 안개가 자욱한 날이었던 거야. 푸는 정작 날씨가 어떻든 상관없었어. 하지만 춥고 안개가 자욱한 날이면, 벌들이 꿀을 만들지 않는다는 생각 때문에 늘 안타까웠지. 푸는 자기를 데리러 온 피글렛에게 그 얘기를 했는데, 피글렛은 그런 생각은 별로 해보지 않았지만 숲 꼭대기에서 하루 종일 길을 잃고 밤새 내려오지 못한다면 얼마나 춥고 슬플까 하는 생각은 해봤다고 말했지. 하지만 피글렛과 푸가 래빗네 집에 도착하자, 래빗은 오늘이 자기들이 세운 계획을 실행에 옮기기에 딱 알맞은 날이라고 말했어. 티거는 늘 남들보다 앞에서 뛰어 다니니까, 티거가 눈앞에서 사라지자마자 자기들 셋이서 다른 쪽으로 얼른 달아나면 티거가 결코 더는 자기들을 보지 못할 거라고 말이야.

피글렛은 말했어.

"결코는 아니잖아?"

"그러니까, 우리가 티거를 다시 찾아낼 때까지 말이야, 피글렛. 내일이 됐든, 언제가 됐든. 가자. 티거가 기다리고 있어."

셋이 캥거네 집에 도착했을 땐, 티거와 단짝 친구가 된 루도 함께 기다리고 있었어. 곤란한 상황이었지. 하지만 래빗은 앞발로 입을 가리고 푸한테 "나한테 맡겨"라며 속삭인 뒤 캥거에게 다가가서 말했어.

"루는 가지 않는 게 좋겠어. 오늘은 안 돼."

루는 듣지 말아야 할 말이었는데, 루가 말했지.

"왜 안 돼?"

래빗은 머리를 절레절레 흔들었어.

"지독하게 추운 날씨야. 넌 오늘 아침에 기침도 했잖아."

루가 분한 얼굴로 물었어.

"그걸 어떻게 알아?"

캥거가 꾸짖듯이 말했어.

"오, 루, 엄마한테 그런 말 안 했잖니."

"비스킷 때문에 기침한 거예요. 엄마가 말한 그런 기침이 아니고요."

"오늘은 안 될 것 같구나, 아가. 다음에 가렴."

루가 기대에 부풀어 물었지.

"내일요?"

"그건 좀 두고 보자."

루는 서럽게 말했어.

"엄만 맨날 보자고만 하고 아무것도 못하게 하면서."

래빗이 말했어.

"이런 날엔 앞이 제대로 보이지 않아, 루. 우리도 그리 멀리는 가지 못할 거고, 오후가 되면 모두 다…… 모두 다…… 모두 다…… 아, 티거, 거기 있구나. 가자. 잘 있어, 루! 오후면 모두 다…… 가자, 푸! 다들 준비 됐지? 좋아. 가자."

그렇게 넷은 길을 나섰어. 처음엔 푸하고 래빗하고 피글렛이 나란히 걷고 티거가 그 셋 주위로 원을 그리면서 뛰어갔어. 그러다가 길이 점점 더 좁아져서 래빗과 피글렛과 푸

가 길게 줄을 서서 걸었고 티거도 길쭉한 동그라미를 그리면서 뛰어갔지. 그리고 머지않아 길 양옆에서 가시금작화가 따끔따끔 찌르기 시작하자 티거는 셋 앞에서 이쪽저쪽으로 뛰어다녔어. 가끔씩 래빗한테 튀어들 때도 있었고, 아닐 때도 있었고. 숲속으로 높이 올라가면서 안개가 점점 짙어지자 티거는 계속 어디론가 사라졌어. 그러다가 없어졌다 싶으면 다시 나타나서 "얘들아, 빨리 와"라고 말했고, 무슨 말을 꺼낼 새도 없이 또 사라졌지.

래빗이 돌아보더니 피글렛 옆구리를 쿡 찔렀어.

"다음 번이야. 푸한테 전해."

피글렛은 푸한테 말했어.

"다음 번이야."

푸가 피글렛에게 물었어.

"무슨 다음?"

티거가 불쑥 나타나더니 래빗에게 튀어들었다가 다시 사라졌어.

"지금이야!"

래빗이 길가 움푹 팬 곳으로 뛰어들었어. 푸하고 피글렛도 래빗을 따라 뛰었지. 셋은 고사리 덤불 사이에 웅크리고 앉아서 귀를 기울였어. 가만히 멈춰 서서 귀를 기울여보면 숲은 쥐죽은 듯 고요하단다. 셋한테도 아무것도 보이지 않고 아무 소리도 들리지 않았지.

"쉿!"

래빗이 말했어.

"그러고 있는데."

푸가 말했어.

타닥타닥 하는 소리가 들리더니…… 다시 조용해졌어. "얘들아!" 티거가 부르는 소리였어. 그 소리가 갑자기 너무 가까이서 들리는 바람에, 평소라면 피글렛이 깜짝 놀라서 펄쩍 뛰었을 텐데 마침 푸가 피글렛을 깔고 뭉개다시피 하고 앉아 있었단다.

티거가 친구들을 찾았어.

"어디 있어?"

래빗이 푸 옆구리를 쿡 찔렀어. 푸가 피글렛 옆구리를 찌르려고 두리번거리는데 피글렛은 보이지 않았지. 피글렛은 될 수 있는 한 조용히 축축한 고사리 덤불 냄새를 맡고 있었는데, 그러고 있자니 용기도 솟고 신나는 기분이었어.

티거가 말했어.

"이상하네."

잠깐 정적이 흐르더니 타닥타닥 하며 티거가 다시 멀리로 가는 소리가 들렸어. 셋은 조금 더 기다렸어. 그러다가 숲이 너무 고요해서 슬금슬금 겁이 오를 때쯤 래빗이 일어나서

기지개를 켰지.

래빗은 뿌듯한 듯 조그맣게 속삭였어.

"어때? 됐어! 내가 말한 대로야."

푸는 말했어.

"생각을 해봤는데, 내 생각에는……."

래빗은 말했어.

"아냐. 말하지 마. 뛰어. 어서."

그렇게 셋은 서둘러 그곳을 떠났고, 래빗이 앞장섰어.

조금 떨어진 곳까지 오자 래빗이 말했지.

"자, 이제 말해도 돼. 푸, 하려던 말이 뭐야?"

"별말은 아니야. 우리 왜 이리로 가는 거야?"

"이 길이 집으로 가는 길이니까."

"아!"

피글렛은 불안한 표정이었어.

"내가 보기엔 좀 더 오른쪽으로 온 것 같아. 푸, 네 생각은 어때?"

푸는 제 앞발을 내려다보았어. 둘 가운데 하나가 오른발이라는 것도 알고, 하나를 오른발이라고 정하면 나머지 하나는 왼발이 되는 것도 알았지. 그런데 그걸 어떻게 정하는지 맨 처음이 도무지 기억나질 않는 거야.

푸는 느릿느릿 말했어.

"그러니까……."

래빗이 말했어.

"가자. 이쪽 길이라니까."

셋은 계속 걸어갔어. 십 분이 지나고 셋은 다시 멈춰 섰지.

래빗은 말했어.

"멍청하긴. 하지만 아까는…… 아, 그렇지. 가보자……."

십 분이 지나고 래빗은 말했어.

"다 왔다. 아니, 아니네……."

십 분이 더 지났어.

"자, 내 생각엔 우리가 저기로…… 아니면 내 생각보다 우리가 살짝 더 오른쪽으로 치우쳐 있는 건가?"

또 십 분이 지나고 래빗이 말했지.

"이상한 일이네. 안개가 끼니 전부 다 거기서 거기로 보이잖아. 넌 알고 있었어, 푸?"

푸는 그렇다고 대답했어.

삼십 분이 지나고 나서 래빗이 이렇게 말했어.

"우린 숲을 훤히 알고 있으니 다행이지, 안 그랬으면 길을 잃었을 거야."

그러고는, 숲을 훤히 알아서 길을 잃을 리 없을 때나 웃을 법한, 별일 아니라는 웃음을 터뜨렸지.

피글렛이 뒤에서 푸에게 살금살금 다가가서 소곤소곤 말했어.

"푸!"

"왜, 피글렛?"

피글렛은 푸의 앞발을 잡았어.

"아니야. 그냥 네가 있다는 걸 확인하고 싶어서."

티거는 친구들이 자기를 잘 따라오기를 기다렸어. 하지만 친구들은 보이지 않고 "얘들아, 빨리 와"라고 말할 상대가 없는 것도 지루해져서 집으로 돌아가기로 했지. 그래서 집으로 총총 뛰어갔어. 캥거는 티거를 보자마자 "우리 티거 착하기도 하지. 튼튼해지는 약 먹을 시간에 맞춰서 왔구나"라고 말하면서 티거가 먹을 약을 따랐어. 루는 자랑스레 말했어. "난 벌써 먹었지." 티거도 자기 약을 삼키고 말했어. "나도." 그런 다음 티거와 루는 가볍게 서로를 밀며 놀았는데, 그러다가 티거가 실수로 의자 한두 개를 자기도 모르게 넘어뜨렸고 루는 일부러 의자 한 개를 넘어뜨렸어. 캥거는 "자, 자, 저리 가서 놀아라"라고 했고.

루가 물었어.

"어디로 가라고요?"

"나가서 전나무 열매를 좀 주워 오렴."

캥거는 루와 티거에게 바구니를 주었어.

그래서 둘은 여섯 그루 소나무로 가서 서로에게 전나무 열매를 던지며 놀다가, 거기에 왜 갔는지 깜박 잊고 바구니를 나무 밑에 놔둔 채로 저녁을 먹으러 집으로 돌아왔단다. 그리고 저녁 식사를 막 마쳤을 때 문 앞에서 크리스토퍼 로빈이 고개를 쏙 들이밀었어.

"푸는 어디 갔어?"

캥거가 물었어.

"티거, 아가야, 푸는 어디 있니?"

티거가 아침에 있었던 일을 설명하는데, 그와 동시에 루가 비스킷을 먹고 기침했던 일을 들려주고 캥거는 둘이 한꺼번에 말하지 말라고 타일렀지. 그 바람에 크리스토퍼 로빈이 숲 꼭대기에 올라갔던 푸와 피글렛과 래빗이 안개에 갇혀 모두 길을 잃었나 보다 하고 짐작하는 데까지 조금 시간이 걸렸단다.

티거는 루에게 조그맣게 소곤거렸어.

"티거들은 그게 참 이상해. 절대로 길을 잃지 않는다니까."

"그건 왜 그런 거야, 티거?"

"그냥 그러는 거야. 그래서 그래."

크리스토퍼 로빈이 말했어.

"우리가 가서 그 애들을 찾아봐야겠어. 그 수밖에 없어. 가자, 티거."

티거는 루에게 설명했어.

"난 가서 친구들을 찾아야 해."

루가 캥거에게 간절하게 부탁했어.

"나도 찾으러 가도 돼요?"

"오늘은 안 되겠구나, 아가야. 다음에 가렴."

"그럼, 친구들이 내일 길을 잃으면 내가 찾으러 가도 돼요?"

"그건 좀 두고 보자."

그 말뜻이 뭔지 아는 루는 구석으로 가서 혼자 뛰뛰기 연습을 했어. 그 연습을 하고 싶기도 했고, 또 크리스토퍼 로빈이랑 티거가 자기들끼리만 가게 돼서 루가 속상할 거라고 생각하는 것도 싫고, 그랬거든.

"사실은, 어쩌다보니 우린 길을 잃어버렸어."

래빗이 말했어. 셋은 숲 꼭대기에 있는 작은 모래밭에서 쉬고 있었단다. 푸는 그 모래밭이 자꾸 나타나서 질릴 지경이었고, 그게 자기들을 따라다니는 게 아닌지 의심도 들었어. 어느 방향으로 출발하든 결국 그 모래밭에서 끝이 났고, 매번 안개를 뚫고 모래밭이 다가올 때마다 래빗은 의기양양하게 "이제 어딘지 알겠다!"라고 말했지. 그럼 푸는 슬픈 얼굴로 "나도"라고 했고, 피글렛은 아무 말도 하지 않았어. 피글렛도 뭔가 할 말을 생각하려고 했지만 생각나는 말이라고는 "도와줘, 도와줘!"밖에 없었던 거야. 그런데 푸하고 래빗이 다 자기 옆에 있는데 그런 말을 한다는 건 말이 안 되는 것 같잖아.

긴 침묵이 흘렀지만 그러는 동안 래빗한테 즐거운 산책을 하게 해줘서 고맙다는 말 같은 건 아무도 건네지 않았어.

래빗이 말했지.

"그럼, 계속 가는 게 좋겠어. 어느 쪽으로 갈까?"

푸가 느릿느릿 말했어.

"이러는 건 어때? 모래밭이 보이지 않는 순간부터 여길 다시 찾아보는 건?"

래빗이 말했어.

"그렇게 해서 좋을 게 뭔데?"

"보면, 우리가 계속 집을 찾으니까 집이 안 나오잖아. 그래서 생각해 봤는데, 이 모래밭을 찾으면 모래밭은 확실히 못 찾을 거야. 좋은 건 그거지. 왜냐하면 그럼 우린 찾으려고 한 게 아니었던 뭔가를 찾게 될 거고, 그게 바로 우리가 정말로 찾고 있었던 걸 테니까."

래빗이 말했어.

"별로 말이 안 되는 말 같은데."

푸는 겸손하게 말했어.

"그래, 말이 안 되네. 처음 시작할 땐 말이 됐었는데. 말을 하다가 중간에 뭐가 어떻게 돼서 그래."

"만일 내가 이 모래밭을 떠났다가 다시 돌아오면, *당연히* 여길 찾겠지."

"글쎄, 내 생각엔 못 찾을 것 같아. 그냥 생각이야."

피글렛이 불쑥 말했어.

"한번 해봐. 우린 여기서 기다릴게."

래빗은 피글렛이 얼마나 어처구니없는 말을 했는지 보여주려고 소리를 내어 웃고는 안개 속으로 걸어 들어갔어. 그렇게 백여 미터쯤 걷다가 돌아보더니 다시 뒤돌아 걸어갔지…… 푸와 피글렛은 래빗을 기다렸는데, 이십 분쯤 지나자 푸가 일어섰어.

"그냥 생각해 본 건데. 자, 피글렛, 집에 가자."

피글렛은 펄쩍 뛸 듯이 흥분해서 소리쳤어.

"푸, 너 길 알아?"

"아니. 그렇지만 꿀단지 열두 개가 내 찬장에 있는데 몇 시간째 나를 부르고 있어. 여태까진 그 소리가 잘 들리지 않았거든. 래빗이 줄곧 얘기를 해서 말이야. 그렇지만 꿀단지 열두 개 말고는 아무도 말을 하지 않으면, 내 생각엔, 피글렛, 개네들이 어디서 나를 부르는지 알 수 있을 것 같아. 가자."

둘은 같이 걷기 시작했어. 피글렛은 꿀단지들을 방해하지 않으려고 한참 동안 말을 하지 않았지. 그러다가 갑자기 요란스레 찍찍거리고…… 어어 하며 소란을 떨었어…… 거기가 어디쯤인지 점점 알 것 같았거든. 그래도 아직 그렇다는 말은 차마 하지 못했어. 혹시 아닐 수도 있잖아. 그리고 피글렛이 점점 자신감이 붙어서 꿀단지가 계속 부르고 있는 건지 아닌지 그런 건 상관없어졌을 때, 앞에서 외치는 소리가 들리더니 안개 속에서 크리스토퍼 로빈이 나타난 거야.

"아, 여기 있네."

크리스토퍼 로빈은 아무렇지 않게 말했어. 걱정하지 않은 것처럼 보이려고 애쓰면서 말이야.

푸가 말했어.

"우리 여기 있어."

"래빗은 어디 있어?"

"나도 몰라."

"아…… 그럼, 티거가 래빗을 찾을 거야. 티거가 지금 너희를 전부 찾는 중이거든."

"어쨌든 난 집에 뭐가 좀 있어서 가야 돼. 피글렛도 그렇고. 우린 아직 아무것도 못 먹었고……."

크리스토퍼 로빈이 말했어.

"나도 가서 널 보고 있을래."

그래서 크리스토퍼 로빈은 푸와 함께 집에 가서 한참 동안 푸를 지켜보았어…… 그렇게 푸를 지켜보는 내내, 티거는 법석을 떨며 숲을 휘젓고 다니면서 래빗이 들으라고 숲이 들썩이도록 요란한 소리를 질러댔어.

마침내 *아주 소심하고 가엾은 래빗*이 그 소리를 들었지. 소심하고 가엾은 래빗은 소리가 들리는 쪽으로 안개를 헤치며 달렸어. 소리는 티거로 돌변했지. *친절한 티거*, *당당한 티거*, *커다랗고 쓸모 있는 티거*로, 그리고 별로 튀는 것도 아니지만 티거라면 마땅히 그렇게 튀어야 하는 *아름답게 튀는 티거*로 말이야.

래빗은 외쳤어.

"아, 티거, 널 만나서 기뻐."

8

피글렛이 무척 장엄한 일을 했어요

푸네 집이랑 피글렛네 집 중간쯤에 **생각하는 자리**가 있었는데, 둘이 서로 보러가야겠다 결심한 날은 가끔 거기서 만났어. 그곳은 따뜻하고 바람도 들지 않아서, 둘은 잠깐씩 그 자리에 앉아서 이제 서로 봤으니까 지금부터는 뭘 할까 생각하곤 했단다. 언젠가 둘이 아무런 일도 하지 않기로 마음먹었던 날은, 푸가 모두에게 그 장소가 어떤 곳인지 알려주려고 시도 지었지.

이 따뜻하고 햇볕 내리쬐는 자리는

푸 거예요.

여기서 푸는 궁리를 해요.

이제 무엇을 할까.

참, 이게 뭐람. 깜박했다.

피글렛 것도 돼요.

어느 가을날 아침, 밤새 바람을 못 이긴 나뭇잎들이 다 떨어지고 지금은 나뭇가지마저 부러질세라 요동을 하고 있을 때, 푸하고 피글렛은 생각하는 자리에 앉아서 궁리를 하고 있었어.

푸가 말했어.

"내가 무슨 생각을 하느냐면, 난 푸 모퉁이에 있는 이요르한테 같이 가볼까 해. 왜냐하면 이요르네 집이 바람에 무너졌을지도 모르는데, 그럼 우리한테 집을 다시 지어달라고 하고 싶어 할 수도 있잖아."

피글렛은 말했어.

"나는 무슨 생각을 하느냐면, 크리스토퍼 로빈한테 가보면 어떨까 했어. 그런데 크리스토퍼 로빈이 집에 없어서 갈 수가 없어."

"가서 다 만나자. 왜냐하면 바람을 맞으면서 몇 킬로미터나 걷다가 갑자기 누구네 집에 들어갔는데, 우리한테 '안녕, 푸, 마침 잘 왔어. 뭔가 조금 먹을 시간이야'라고 하고, 우린 마침 잘 간 거고. 그럼 그게 내가 말하는 **사이좋은 날**이야."

피글렛은 전부 다 만나러 가려면 이유가 있어야 한다고 생각했어. 작은아이를 수색한다든지, 타몸*을 조직한다든지 그런 거 있잖아. 푸가 뭐든 생각을 할 수 있다면 말이야.

푸는 생각을 할 수 있었지.

"우리가 가는 건 오늘이 목요일이기 때문이야. 그리고 우린 모두에게 아주 '*행복한 목요일이 되길 바래!*' 하고 말하러 가는 거야. 가자, 피글렛."

둘은 일어났어. 그런데 피글렛은 다시 자리에 주저앉았지. 바람이 그렇게 강한 줄 몰랐거든. 푸는 피글렛이 일어서도록 도와주었고, 둘은 출발했어. 푸하고 피글렛은 제일 먼저 푸네 집으로 갔는데, 다행히 집에 도착했을 때 푸가 집에 있어서 들어오라고 했지. 거기서 둘은 뭘 좀 먹고 나서 다시 캥거네 집으로 향했어. 둘은 서로를 꼭 붙잡고 "그렇지 않

* 숲속 친구들은 '탐험'을 '타몸'으로 잘못 발음하곤 한다.

아?", "뭐라고?", "안 들려"라고 소리를 질러대며 걸어갔어. 캥거네 집에 도착할 즈음엔 둘 다 바람에 너무 시달려서 거기서 머물면서 점심까지 먹었지. 나중에는 언뜻 보아도 밖이 꽤 추워 보여서, 둘은 될 수 있는 대로 빨리 래빗네 집으로 향했어.

푸는 래빗네 집에서 한두 번 안팎을 들락날락 해보고는 다시 나올 수 있다는 걸 확인한 다음 말했어.

"우린 네가 아주 행복한 목요일을 보내길 바라서 왔어."

래빗은 물었어.

"뭐야. 목요일에 뭐가 어떻게 되는데?"

그리고 푸가 설명하는 것을 듣고는, 평생이 중요한 일들로만 이루어진 래빗이 말했지.

"이런, 난 너희들이 정말로 무슨 일이 있어서 온 줄 알았어."

둘은 잠깐 동안 앉아 있다가…… 곧 다시 걸었어. 이제는 바람이 뒤에서 불고 있어서 고래고래 소리를 지를 필요가 없었단다.

푸는 깊이 생각한 말투로 말했어.

"래빗은 똑똑해."

피글렛이 말했지.

"맞아. 래빗은 똑똑해."

"그리고 머리가 좋아."

"맞아. 래빗은 머리가 좋아."

길게 침묵이 이어지고, 다시 푸가 말했지.

"그래서 전혀 아무것도 이해하지 못하는 것 같아."

이제 오후가 되어서 크리스토퍼 로빈도 집에 있을 시간이었어. 크리스토퍼 로빈이 푸하고 피글렛을 보고 얼마나 반가워하던지, 둘은 차 마시는 시간에 가까운 시간까지 그 집에 눌러앉아서 나중에는 기억도 나지 않을 *차에 가까운 차*를 마시고는 서둘러 이요르를 만나러 푸 모퉁이로 갔어. 그래야 너무 늦지 않게 아울이랑 제대로 된 차를 마실 수 있을 테니까.

둘은 큰 소리로 활기차게 인사했지.

"안녕, 이요르."

"아! 길을 잃었니?"

피글렛이 말했어.

"우린 그냥 너를 만나러 온 거야. 네 집이 잘 있는지도 보고. 봐봐, 푸, 집이 아직 서 있어!"

"나도 알아. 정말 이상하지. 누가 와서 밀어버리든 해야 했는데."

푸가 말했어.

"우린 바람 때문에 집이 쓰러지진 않았는지 궁금해서 온 거야."

"아하, 어쩐지, 굳이 누가 손 쓸 필요도 없는 거로군. 난 혹시 잊어버렸나 생각했거든."

"어쨌든, 만나서 기뻐, 이요르. 우린 이제 아울을 보러 갈 거야."

"그래야지. 너희도 아울이 마음에 들 거야. 어젠가 그젠가 쌩하니 날아가면서도 나를 알아보더라고. 사실 아울이 뭐라고 말을 건 건 아니야. 하지만 나라는 건 알아봤지. 정말 다정한 친구 같아. 든든하다니까."

푸하고 피글렛은 어쩔 줄 몰라 하며 주춤거리다가 대단히 망설이면서 “그래, 잘 있어, 이요르” 하고 말했어. 갈 길은 멀고, 둘 다 갈 길을 마저 가고 싶었단다.

“잘 가라. 꼬마 피글렛은 바람에 날아가지 않도록 조심하고. 친구들이 보고 싶어 할 거야. 이렇게들 말하겠지. ‘꼬마 피글렛은 어디로 날아간 걸까?’ 정말로 알고 싶어 하면서 말이야. 어쨌든, 잘 가. 그리고 어쩌다가 이쪽 길로 지나가 줘서 고마워.”

“안녕.”

푸와 피글렛은 마지막으로 인사를 하고 아울네 집을 향해 나아갔단다.

바람은 이제 앞에서 불어왔어. 피글렛이 힘겹게 앞으로

나아가는데 귀가

깃발처럼 나부꼈지.

피글렛은 100에이커 숲의 피난처에 도착하는데 몇 시간은 흐른 듯한 기분이었어. 둘은 다시금 몸을 똑바로 펴고 서서, 나무 꼭대기 사이로 사납게 울어대는 세찬 바람 소리에 조금 불안한 마음으로 귀를 기울였어.

"푸, 나무가 우리한테 쓰러지면 어떻게 해?"

푸는 신중하게 생각한 다음 대답했어.

"쓰러지지 않을 거야."

피글렛은 이 말을 듣고 마음이 놓였고, 둘은 곧 아주 활기차게 아울네 문을 두드리고 종을 울렸어.

푸가 말했어.

"안녕, 아울. 우리 아직 늦은 거 아니…… 아니, 그러니까 잘 있었냐는 말이야. 피글렛이랑 난 그냥 네가 잘 지내는지 보러 왔어. 오늘은 목요일이니까."

아울은 친절하게 말했어.

"앉아, 푸. 피글렛도 앉아. 편하게 앉아."

둘은 아울에게 고맙다고 말하고, 최대한 편한 자세를 잡았어.

푸는 말했어.

"아울, 있잖아. 우리가 급하게 왔거든. 시간을 맞추려

고…… 너를 보고 돌아가려고 말이야."

아울은 근엄하게 고개를 끄덕였어.

"내 말이 틀리면 바로잡아 줘. 지금 밖은 세차게 *돌풍이 부는 날*인 것 같은데, 맞지?"

"정말 그래."

피글렛은 조용히 귀를 녹이면서, 집으로 무사히 돌아갈 수 있기를 바라고 있었어.

아울이 말했어.

"그럴 것 같았어. 이렇게 꼭 오늘처럼 돌풍이 부는 날이었지. 로버트 삼촌이, 그러니까 피글렛, 네 오른쪽 벽에 걸린 초상화가 로버트 삼촌이야. 로버트 삼촌이 오전 느지막이 집으로…… 저게 무슨 소리지?"

우지직, 요란하게 무언가 부러지는 소리가 들렸어.

"조심해! 시계 조심해! 피글렛, 비켜! 피글렛, 내가 너한테 떨어지고 있어!"

푸가 소리쳤어.

"살려줘!"

피글렛이 외쳤어.

푸가 있던 쪽 방이 기우뚱하며 서서히 위로 올라가면서

푸가 앉은 의자가 피글렛 쪽으로 미끄러지기 시작했던 거야. 시계가 벽난로 선반을 타고 슬금슬금 미끄러지면서 앞에 있던 화병들을 쓸고 가더니, 좀 전까지 바닥이었지만 지금은 벽이 돼서 자기가 어떤 모습인지 보려고 애쓰는 곳으로 가서 전부 다 와장창 깨졌어. 벽난로 앞에 새 깔개가 되려고 하는 로버트 삼촌은 자신이 걸린 벽 전체를 카펫으로 깔려고 같이 가져오고 있었는데, 피글렛이 의자에서 일어서려고 할 때 그 의자와 만났지. 그리고 잠깐 사이에 어디가 진짜 북쪽이었는지 기억도 나지 않을 지경이 되었어. 그러다가

또 다시 요란하게 부서지는 소리가 들렸고…… 아울의 방은 저 혼자 정신없이 모여들다가…… 조용해졌단다.

방 한 구석에서 식탁보가

꼼지락거렸어.

그러더니 혼자 공처럼 돌돌 말려서

데굴데굴 방을 굴렀어.

그러고는 한두 번 콩콩 뛰어오르더니 귀 두 개가 튀어나왔지. 방을 한 번 더 구르자 감긴 식탁보가 풀렸어.

"푸."

피글렛이 불안한 목소리로 말했어.

의자 하나가 대답했어.

"응?"

"여기가 어디야?"

의자가 말했지.

"나도 잘 모르겠어."

"여기…… 여기가 아울네 집이야?"

"그런 것 같아. 왜냐하면 우리가 차를 막 마시려던 참이었는데, 마시진 않았거든."

"아! 그런데 아울이 원래 우편함을 천장에 달아놨었나?"

"아울이 그랬어?"

"그래, 봐봐."

"난 못 봐. 뭐가 내 위에 있어서 얼굴을 숙이고 있는데, 피글렛, 이건 천장을 보긴 너무 힘든 자세야."

"어쨌든, 아울이 그랬어, 푸."

"아마 바꿨나 봐. 그냥 기분을 바꿔보려고 말이야."

탁자 뒤쪽 방구석에서 요란한 소리가 들리더니, 아울이 다시 나타났단다. 아울은 몹시 짜증난 얼굴이었어.

"아, 피글렛. 푸는 어디 있지?"

푸가 대답했어.

"나도 잘 모르겠어."

아울은 목소리가 들리는 쪽으로 돌아서더니, 몸 일부만

보이는 푸한테 얼굴을 찌푸리며 쏘아붙였어.

"푸, 네가 그런 거야?"

푸는 자신 없는 말투로 말했지.

"아니야. 내 생각엔 아닌 것 같아."

"그럼 누가 그랬지?"

피글렛이 말했어.

"바람이 그런 것 같아. 내 생각엔 너희 집이 바람에 쓰러진 것 같아."

"아, 그런 거였어? 나는 푸가 그런 줄 알았지."

푸가 말했어.

"아니야."

아울은 문제를 곰곰이 생각해 보며 말했어.

"바람이 한 일이라면, 푸의 잘못이 아니야. 푸한테 아무런 책임도 물어서는 안 되지."

이렇게 친절한 말을 남기고 아울은 새로 바뀐 천장을 구경하러 날아갔어.

푸가 속삭이는 목소리로 크게 말했어.

"피글렛!"

피글렛은 푸한테 몸을 숙였어.

"왜, 푸?"

"아울이 나한테 뭘 물으면 안 된다고 한 거야?"

"아울은 네 탓을 하지 않겠다고 말한 거야."

"아! 난 또 아울이 나한테…… 아, 그렇구나."

피글렛이 말했어.

"아울! 내려와서 푸를 도와줘."

아울이 우편함을 감탄하며 바라보고 있다가 다시 바닥으로 내려왔어. 피글렛과 아울이 같이 의자를 밀었다가 당겼다가 하자, 잠시 뒤에 그 밑에서 푸가 나와서 다시 주변을 돌아볼 수 있게 되었지.

아울은 말했어.

"이거 참! 상태 한번 근사하지!"

피글렛이 물었지.

"푸, 이제 우린 어쩌면 좋지? 뭐 생각나는 거 있어?"

"글쎄, 방금 뭐가 생각나긴 했어. 그냥 별 생각은 아니야."

그리고 푸는 노래를 부르기 시작했지.

가슴을 깔고 엎드려서
생각해 보니 이게 최고 같아.

저녁에 쉬고 있다고 생각하는 거야.

배를 깔고 엎드려서

콧노래를 부르려고 하는데

이거다 하고 오는 게 없는 거야.

얼굴이 납작이가 됐어.

바닥에 눌려서. 그건 말야,

곡예사라면 아주 좋겠지.

하지만 옳지 않아.

친절한 곰돌이를

버들가지 의자 밑에 옴짝달싹 못하게 하고

또 **짜부뜨리고** 그렇게

점점 더 누르고 누르는 건

곰돌이의 가엾은 낡은 코에 별로 좋지 않아.

또 **짜부뜨리는** 그런 게

많아도 너무 많아.

곰돌이의 목하고 입하고

귀하고 여기저기에.

"이게 다야." 푸는 말했어.

아울은 가소롭다는 듯이 헛기침을 하고는, 푸에게 그게 다인 게 확실하면 이제 집을 탈출하는 문제에 다 같이 마음을 쏟으면 되겠다고 말했어.

"왜냐하면 문이었던 곳으로는 이제 나갈 수가 없거든. 뭔가가 그 위로 떨어졌어."

피글렛이 걱정스레 물었어.

"그렇지만 문 말고 어떻게 나갈 수 있는데?"

"피글렛, 바로 그 문제로 내가 푸한테 마음을 쏟아달라고 부탁하고 있는 거야."

푸는 조금 전까지 벽이었던 바닥에 앉아서, 조금 전까지 다른 쪽 벽이었던 천장을 가만히 올려다보았어. 천장에는 조금 전까지 문이었던 문이 달려 있었는데, 푸는 그걸 보면서 거기에 마음을 쏟아보려고 노력했어.

푸는 아울에게 물었어.

"너 피글렛을 등에 태우고 우편함까지 날아오를 수 있어?"

피글렛이 냉큼 대답했지.

"아니. 아울은 못 해."

아울은 그러는 데 필요한 등 근육에 대해 설명했어. 이 설명은 전에도 푸하고 크리스토퍼 로빈한테 한 번 한 적이 있었는데, 그 뒤로도 다시 한 번 설명할 기회를 잡으려고 기다리고 있었거든. 이건 알아듣기 쉽게 두 번은 설명해야 누구든 무슨 말을 하는지 알아듣는 그런 문제였으니까.

"왜냐하면, 있잖아, 아울, 만약에 피글렛을 우편함 안으로 들어가게 할 수 있으면, 피글렛이 편지 넣는 곳으로 어떻게든 비집고 나간 다음, 나무를 타고 내려가서 도와줄 누군가를 데리고 오면 된단 말이야."

피글렛은 다급하게 요사이에 몸이 커져서 정말 그러고는 싶지만 아마 *그게 안 될 거*라고 설명했고, 아울은 요사이에 커다란 우편물이 올 경우를 대비해서 우편함을 더 크게 만들었기 때문에 어쩌면 피글렛이 들어갈 수도 있을 거라고 말했어. 피글렛이 "하지만 네가 *그러는데 필요한 그거*가 안 될 거라고 했잖아"라고 말하자, 아울은 "그래, 그건 그렇지. 그럼 그 방법은 소용없겠군" 하고 대답했지. 피글렛은 "그럼 뭔가 다른 방법을 생각해 보는 게 좋겠다"라고 말하고는 당장 생각하기 시작했어.

하지만 푸는 물에 갇힌 피글렛을 구하고 모두에게서 열렬히 찬사를 받았던 날로 돌아가 있었어. 그런 경험은 자주 할 수 있는 게 아니지만 푸는 그런 일이 또 일어나 주길 바랐지. 그리고 그 순간, 꼭 지난 번 그날 그랬던 것처럼 좋은 생각 하나가 푸에게 찾아들었어.

"아울, 나 무슨 생각이 떠올랐어."

"똘똘하고 쓸모 있는 곰돌이라니까."

푸는 **똥똥**하고 쓸모 있다는 말을 듣고는 자랑스러운 표정을 지으면서, 그냥 어쩌다 생각난 거라고 겸손하게 말했어. 우선 피글렛을 끈으로 묶은 다음, 아울이 그 끈을 입에 물고 우편함으로 날아가서 철망 틈으로 집어넣으면 어떨까 하고 말이야. 틈 사이로 나온 끈을 다시 입에 물고 밑으로 내려와서, 아울이랑 푸가 같이 그 끈을 힘껏 잡아당기면 피글렛이 천천히 위로 올라가지 않겠냐는 거였지. 아울은 그냥 밑에 있는 거고.

아울이 말했어.

"피글렛은 올라가는 거고. 끈이 끊어지지만 않으면."

피글렛이 정말 그러면 어떻게 하냐는 듯 물었어.

"끊어지면 어떡해?"

"그럼 다른 끈으로 해보는 거지."

이 말은 피글렛에게 별 위로가 되지 못했단다. 푸랑 아울이 잡아당길 끈이 많으면 뭐하겠어. 끈에 매달렸다가 떨어지는 건 매번 피글렛일 텐데. 그래도 지금으로선 그 방법밖에 없어 보이긴 했어. 그래서 피글렛은 마지막으로 그동안 숲속에서 끈 하나에 매달려 천장으로 끌려 올라가지 않고 행복하게 보냈던 시간들을 한 번 되돌아보고, 푸를 보면서 씩씩하게 고개를 끄덕이면서 *정말 기발한 개, 개, 개, 기발한 개, 개, 계획*이라고 말했단다.

푸는 피글렛을 위로해 주려고 소곤거렸어.

"끊어지지 않을 거야. 왜냐하면 너는 작은 동물이고, 나도 밑에 서 있을 거니까. 그리고 만약에 네가 우리 모두를 구한다면 나중에 네가 정말 장엄한 일을 했다는 소문이 날 거고 난 노래를 만들겠지. 그럼 사람들은 '피글렛이 한 일이 무척 장엄해서 *푸의 존경의 노래*가 나온 거야' 라고들 할 거야."

피글렛은 이 말을 듣고 나서부터 기분이 훨씬 나아졌단다. 준비를 다 마치고 어느덧 조금씩 천장으로 올라가고 있을 땐 너무 뿌듯해서 "나를 좀 봐!" 하고 크게 외칠 뻔했지. 푸하고 아울이 정말로 자기를 보느라

잡고 있던 끈을 놓칠까 봐 소리를 내진 않았지만 말이야.

푸가 힘차게 외쳤어.

"올라간다!"

아울은 친절하게 알려주었지.

"상승이 예상대로 진행되고 있어."

금방이었어. 피글렛은 우편함을 열고 그 안으로 들어갔어. 그런 다음 몸에 묶인 끈을 풀고, 좁고 기다란 구멍으로 몸을

비집고 들어가기 시작했어. 문이 문이었던 옛 시절에는 그

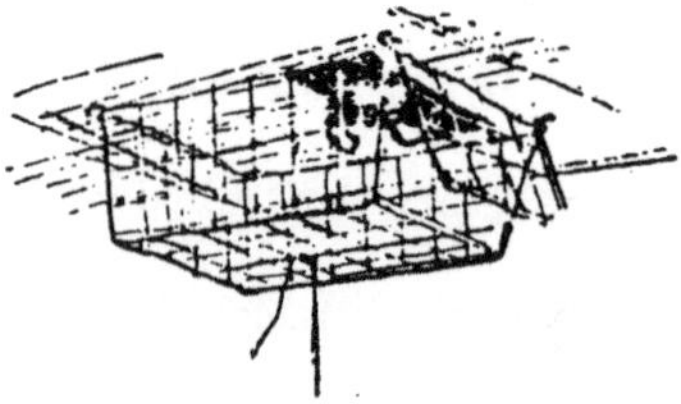

구멍을 통해서 *우알*이 자기 자신한테 썼던 뜻밖의 편지들이 도착하곤 했지.

피글렛은 짜부라지고 **짜부지**고 또 마지막으로 **짜부져**서 밖으로 나왔어. 기쁘고 신이 난 피글렛은 뱅글 돌며 두 죄수에게 찍찍거리며 마지막 소식을 전했어.

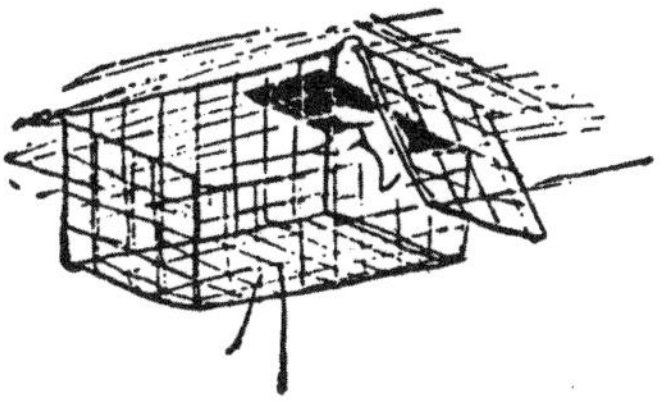

"나는 괜찮아."

피글렛은 우편함 사이로 크게 소리쳤어.

"아울, 나무가 바람에 쓰러져서 문 위에 나뭇가지가 걸쳐 있는데, 크리스토퍼 로빈이랑 내가 치울 수 있어. 푸한테는 밧줄을 가져다줄게. 지금 가서 크리스토퍼 로빈한테 말할 건데, 나무 타는 건 문제없어. 그러니까 내 말은, 위험한 일이지만 나는 잘할 수 있단 뜻이야. 그리고 크리스토퍼 로빈이랑 같이 오려면 삼십 분 정도 걸릴 거야. 잘 있어, 푸!"

그리고 피글렛은 푸가 "잘 가, 피글렛. 고마워"라고 대답할 때까지 기다리지도 않고 그곳을 떠나버렸어.

아울은 편한 자세로 자리를 잡으며 말했어.

"삼십 분이라. 그 정도면 아까 했던 로버트 삼촌 이야기를 마저 할 시간이 되겠어. 네 밑에 보이는 그 초상화 말이야. 가만 있자, 어디까지 했더라? 아, 그래. 꼭 오늘처럼 돌풍이 부는 날이었지. 로버트 삼촌은……."

푸는 두 눈을 감았단다.

9

이요르가 우알처소를 발견해서 아울이 이사했어요

푸는 100에이커 숲으로 천천히 걸어 들어와서 한때 아울네 집이었던 곳 앞에 서 있었어. 지금은 전혀 집처럼 보이지 않았어. 바람에 쓰러진 나무 같았지. 그리고 집이 그렇게 보일 땐 당장 다른 집을 찾아보아야 하는 거야. 푸가 문 밑으로 수수께끼 같은 **편지**를 받은 건 그날 아침이었어. 거기엔 "나는 아울이 살 새집을 **찰고** 있어 너도 그렇게 해 래빗"이라고 적혀 있었는데, 푸가 무슨 내용인지 궁금해하고 있을 때 래빗이 와서 읽어 주었어.

"이걸 다른 친구들한테도 다 보내고 무슨 뜻인지 알려 주는 중이야. 다들 같이 찾을 거야. 난 좀 서둘러야 해서. 안녕."

그러고 나서 래빗은 가버렸지.

푸는 그 뒤를 천천히 따라갔어. 푸는 아울한테 새집을 찾아주는 거보다 더 멋진 일을 할 게 있었단다. 옛집과 관련된 푸 노래를 만들어야 했거든. 그런 노래를 만들겠다고 며칠 전에 피글렛하고 약속했으니까 말이야. 그날 이후로 피글렛은 푸와 만날 때마다 막상 아무 말도 꺼내진 않았지만, 왜 아무 말도 하지 않는지는 척하면 알 수 있잖아. *콧노래*라든가 *나무*라든가 *끈*이라든가 *한밤중의 폭풍*이라든가 하는 말들

이 나오면, 피글렛은 코끝이 발그스레해져서 허둥지둥 상관 없는 말들을 꺼냈어.

"그런데 쉽지가 않네."

푸는 한때 아울네 집이었던 곳을 바라보며 중얼거렸어.

"왜냐하면 시든 노래든 우리가 찾아가는 게 아니라, 걔네들이 우리를 찾아오는 거거든. 우리가 할 수 있는 일은 시하고 노래가 우리를 찾기 좋은 곳으로 가는 것뿐이야."

푸는 희망을 품고 기다렸고……

오랜 기다림 끝에 말했지.

"'여기 나무가 누워 있어요'라고 시작해야겠어. 그게 사실이니까. 그런 다음 어떻게 되는지 두고 봐야지."

그런 다음 이렇게 되었지.

여기 나무가 누워 있어요. 아울(새지요)이
　　좋아했던 그 나무는 발돋움하며 서 있었지요.
　　아울은 친구한테 말하고 있었어요.
'나'라는 친구한테요(혹시 못 들어봤을까 봐)
그때 뭔가 끔찍한 일이 생겼어요.

이런! 바람은 세차게 돌풍이 불었고

아울이 좋아했던 나무를 쓰러뜨렸어요.

아울이 우리는 상황이 좋지 않아 보여요.

내 말은, 아울도 우리도 좋지 않아 보였다고요.

그들이 그렇게 놀라는 모습은 처음 보았어요.

그때 피글렛이(피글렛이!) 생각했어요.

"용기 내! 희망은 언제나 있어.

가느다란 끈 하나를 가져다 줘.

만약에 그런 끈이 없으면

좀 두꺼운 끈도 괜찮아."

그렇게 우편함을 향해 피글렛이 올라갔죠.

그 동안 푸하고 아울은 "아!" 하고

"흠!" 했죠.

그리고 언제나 편지가 들어오던 곳으로

('편지만 넣는 곳'이라고 하지요) 피글렛은 **짜부졌어요.**

머리를 그리고 발가락을.

오, 용맹한 피글렛(**피글렛!**) 호!

피글렛이 떨었나요? 깜짓깜짓 놀랐나요?

아니, 아니, 피글렛은 조금씩 힘겹게 나아갔지요.

'편지만 넣는 곳'으로, 내가 아는 건

내가 나아가는 피글렛을 보았기 때문이에요.

피글렛은 달리고 또 달리다가 서서

소리쳤어요. "새 아울을 도와줘.

곰돌이 푸도!" 그러다가 들었지요

다른 친구들이 숲을 가로질러

있는 힘껏 빠르게 달려오는 소리를.

"도와줘, 도와줘. 구해줘!" 피글렛은 외쳤고

친구들에게 어디로 가야 하는지 알려 주었어요.

노래해요 호! 피글렛(**피글렛!**)을 위해 호!

곧 문이 활짝 열렸고

우리는 둘 다 밖으로 나왔죠!

노래해요 호! 피글렛을 위해 호!

호!

푸는 노래를 세 번 부르고 나서 말했어.

"이거야. 내가 생각했던 거랑은 다르게 왔지만, 나한테 온 거야. 지금 피글렛한테 가서 이걸 불러줘야 해."

나는 아울이 살 새집을 찾고 있어 너도 그렇게 해 래빗

"이게 다 뭐야?"

이요르가 물었어.

래빗은 설명을 했단다.

"그 친구 헌 집에 무슨 일 있어?"

래빗은 설명을 해주었어.

"나한테는 아무도 말을 해주지 않아. 누구도 끊지 않고 소식을 전해 주지 않지. 세어 보니 누가 나한테 말을 건지도 오는 금요일이면 십칠 일째가 돼."

"십칠 일은 분명 아닌데……."

이요르가 말했어.

"오는 금요일이라고 했잖아."

"오늘은 토요일이잖아. 그럼 십일 일째가 되는 거지. 게다가 나만 해도 여기 왔던 게 일주일 전이었다고."

"대화는 하지 않았어. 첫 대화도 없었고, 다음 대화도 없었지. 넌 '안녕' 하고는 쏜살같이 지나갔어. 내가 대답할 말을 곰곰이 생각하느라 사색에 잠긴 사이에 백 미터 떨어진 언덕 위에서 네 꼬리가 보였다고. 나는 '뭐라고?'라고 말할 생각이었어…… 물론 이미 늦은 뒤였지만."

"글쎄, 그땐 내가 급한 일이 있었어."

이요르는 말했어.

"오고가는 것도 없고. 생각을 주고받는 것도 없고. 기껏해야 '안녕…… 뭐라고'…… 내 말은, 그런 말은 해봐야 뭘 했다고 할 수가 없다는 뜻이야. 더군다나 그나마도 반밖에 못했는데 상대방은 꼬리도 보일락 말락 할 땐 말이야."

"그건 네 잘못이야, 이요르. 넌 한 번도 누구를 만나러 간 적이 없잖아. 그저 여기, 이쪽 숲 구석에 머물면서 남들이 너한테 와주기만 기다리지. 가끔은 너도 친구들을 찾아가 보는 게 어때?"

이요르는 잠시 말없이 생각을 해보았어. 그리고 마침내 말했지.

"네가 중요한 말을 한 것 같아, 래빗. 난 더 많이 돌아다녀야 하나 봐. 내가 왔다 갔다 해야겠어."

"그거야, 이요르. 마음이 내킬 때 아무 때나 누구네 집이든 찾아가면 돼."

"고마워, 래빗. 누가 '뭐야, 이요르잖아' 하고 *버럭* 하면 다시 나오면 되니까."

래빗은 한 발을 든 채로 잠깐 멈춰 섰어.

"그래, 난 이만 가봐야 해."

"잘 가."

"뭐라고? 아, 잘 있어. 그리고 혹시 지나다가 아울이 살 만한 집을 발견하면 우리한테 꼭 알려줘."

"신경 쓸게."

그리고 래빗은 갔단다.

푸는 피글렛을 찾았어. 둘은 같이 걸으면서 100에이커 숲으로 돌아갔지. 푸는 한동안 아무 말 없이 걷기만 하다가, 조금 수줍게 말했어.

"피글렛."

"왜, 푸?"

"너 내가 그 일 말이야, *푸의 존경의 노래*를 만들 거라고 그랬던 거 기억해?"

피글렛의 코 둘레가 발그레 붉어졌어.

"푸 네가 그랬나? 아, 그래. 그랬던 것 같아."

"피글렛, 그거 다 만들었어."

발그레한 빛이 피글렛의 코에서 천천히 귀로 올라가서는 거기에 자리를 잡았지. 피글렛이 약간 갈라지는 목소리로 물었어.

"그랬어, 푸? 그때…… 그…… 그게 언제였지? 정말 다 만들었어?"

"그래, 피글렛."

피글렛은 순식간에 귀 끝까지 발갛게 물들어서 뭔가 말하려고 했는데, 한두 번 목쉰 소리를 내봤지만 아무 소리도 나오지 않았어. 그래서 푸가 계속 말했지.

"칠 절까지 있는 노래야."

피글렛은 최대한 태연스레 말했어.

"칠 절? 네가 노래 하나를 칠 절까지 만든 적은 별로 없지 않아, 푸?"

"한 번도 없었어. 이런 건 한 번도 들어본 적이 없을 거야."

"다른 애들도 벌써 알아?"

"아니. 나도 네가 뭘 더 좋아할까 했어. 노래를 지금 너한테 불러 주는 게 좋은지, 아니면 다른 친구들을 만날 때까지 기다렸다가 모두 다 있을 때 불러 주는 게 좋은지 말이야."

피글렛은 잠시 생각을 해보았어.

"뭐가 더 좋으냐면, 있잖아, 푸, 네가 나한테 지금 노래를 불러 주고, 그리고, 그 다음에 모두 다 있을 때도 불러 주는 게 좋은 것 같아. 왜냐하면 그럼 모두들 노래를 들을 때 난 '아, 맞아, 푸가 나한테 말했었지'라고 하면서 듣지 않는 척 할 수 있잖아."

그래서 푸는 피글렛에게 노래를 일곱 소절 모두 불러 주었고, 피글렛은 아무 말 없이 얼굴이 발개져서 서 있었어.

이제까지 아무도 피글렛에게 오로지 피글렛(**피글렛!**)만을 위해 호 하는 노래를 불러 준 적은 없었어. 노래가 끝나고 나서 피글렛은 아무 소절이든 한 번만 더 불러달라고 하고 싶었지만 정말 그러고 싶은 건 아니었어. 정말 듣고 싶었던 건 '오, 용맹한 피글렛'으로 시작하는 소절이었는데, 피글렛한테는 그게 시에 들어갈 때 무척이나 사색이 돋보이는 도입부처럼 들렸거든.

마침내 피글렛은 말했어.

"내가 정말 그걸 다 한 거야?"

푸는 말했어.

"글쎄, 시에서는, 시 안에서는 말이야, 어쨌든 네가 그랬어, 피글렛. 왜냐하면 시에서 네가 그랬다고 하니까. 그리고 사람들은 그런 줄 아는 거고."

"아! 왜냐하면 난…… 나는 약간 깜칫깜칫 놀랐다고 생각했거든. 처음에만. 그런데 시에서는 '깜칫깜칫 놀랐나요? 아니, 아니'라고 하잖아. 그래서 그래."

"넌 속으로만 깜칫깜칫 놀랐어. 그리고 그게 *아주 작은 동물이 깜칫깜칫 놀라지 않기 위해서 하는 진짜 용감한 행동*이거든."

피글렛은 행복에 겨워 한숨을 내쉬고는 자기 자신에 대해 생각해 보기 시작했어. 피글렛이 *용감무쌍*하다니…….

푸와 피글렛이 아울의 옛집에 도착했을 땐 이요르만 빼고 모두 다 그곳에 모여 있었어. 크리스토퍼 로빈은 친구들

에게 할 일을 알려 주고 있었고, 래빗은 못 들은 친구들이 있을까 봐 뒤이어서 바로 다시 한 번 직접 얘기를 해주었어. 그럼 친구들은 모두 그 일을 했지. 친구들은 밧줄에다가 아울의 의자랑 그림이랑 물건들을 매달아 옛집 밖으로 꺼냈단다. 그 물건들을 새집으로 옮기려고 말이야. 캥거는 물건들을 묶으면서 아울에게 크게 소리쳤어.

"이 낡고 더러운 행주는 이제 필요 없는 거지? 이 카펫은? 온통 구멍이 숭숭 뚫려 있어."

그럼 아울은 분하고 억울한 목소리로 대답했지.

"필요하고말고! 가구는 어떻게 제대로 배치하느냐에 따라 다른 거고, 그건 행주가 아니야. 내 숄이라고!"

이따금씩 루가 밑으로 떨어졌다가 다음 물건이랑 같이 밧줄에 묶여서 올라갔다가 했는데, 그때마다 캥거는 조금 허둥대야 했어. 루를 어디서 찾아야 할지 몰라서 말이야. 그래서 캥거는 아울한테 심술을 내면서 집이 창피하다고, 온 데가 다 눅눅하고 지저분해서 안 그래도 무너질 참이었다고 말했지. *저기 봐, 저 구석에서 끔찍한 독버섯이 자라고 있지*? 하면서 말이야. 아울도 몰랐던 일이라 약간 놀라서 구석을 내려다보고는 픽 비웃더니, 이건 자기 스펀지라고 설명하면서 더없이 평범한 목욕 스펀지를 보고도 뭔지 몰라보면 정말 난감한 일이라고 했어. 캥거가 "어쨌든!"이라고 하는데 루가 잽싸게 뛰어가더니 "나도 아울 스펀지 볼래! 아, 여기 있다! 아, 아울! 아울, 이건 스펀지가 아니라 **스펑**지야! 아울, **스펑**지가 뭔지 알아? **스펑**지는 **스펑**지가 온통……"이라고 말했고, 캥거는 재빨리 "루, 아가!" 하며 말을 막았어.

화요일을 철자에 맞게 쓸 줄 아는 동물한테는 그런 식으로 말해선 안 되는 법이니까.

하지만 푸와 피글렛이 다가오자 모두들 아주 기뻐했어. 하던 일을 멈추고 잠깐 쉬면서 푸가 만든 새 노래도 들었지. 듣고 나서는 모두들 푸에게 노래가 정말 좋다고 했고, 피글렛도 대단한 일은 아니라는 듯이 "노래 좋지? 그러니까, 노래로서 좋다는 뜻이야"라고 말했어.

푸는 물었어.

"그런데 새집은 어떻게 됐어? 아울, 새집 찾았어?"

크리스토퍼 로빈은 한가로이 풀을 잘근거리면서 말했어.

"새집에 붙일 이름은 찾았대. 그러니까 이제 집만 찾으면 돼."

"그 집은 이렇게 부를 거야."

아울이 거드름을 피우며 자기가 만든 것을 보여 주었지. 그건 네모난 판자였는데, 판자에는 물감으로 집 이름이 적혀 있었단다.

우알처소

이렇게 모두들 신나 있는 순간, 뭔가가 나무들 사이로 다가오더니 아울과 부딪혔어. 판자가 땅바닥에 떨어졌고 피글렛과 루는 보려고 달려들 듯 몸을 숙였지.

아울은 뿌루퉁하게 말했어.

"아, 너로구나."

래빗이 말했어.

"이요르, 안녕! 너 왔구나! 넌 어디 있다 온 거야?"

이요르는 들은 체도 하지 않았어. 루와 피글렛을 빗질하듯이 옆으로 밀어내더니 **우알처소** 위에 주저앉았지.

"크리스토퍼 로빈, 안녕. 우리밖에 없어?"

크리스토퍼 로빈은 이요르를 보면서 웃었어.

"그래."

“나도 들었는데…… 그 소식이 내가 있는 숲 구석까지 퍼졌거든…… 저 아래 오른쪽에 아무도 좋아하지 않는 축축한 장소 있잖아…… 어떤 누군가가 집을 찾고 있다고. 내가 딱 맞는 집을 찾아냈어.”

래빗이 다정하게 말했어.

“와, 잘했어.”

이요르는 천천히 래빗을 돌아보고는 다시 크리스토퍼 로빈을 쳐다보았어. 그러고는 큰 소리로 속삭여 말했지.

“뭐가 끼어들었는데. 하지만 상관없어. 놔두고 가면 되니까. 크리스토퍼 로빈, 나랑 같이 가겠다면 그 집을 너한테 보여줄게."

크리스토퍼 로빈이 벌떡 일어섰지.

"푸, 가자."

루가 크게 소리쳤어.

"티거, 가자."

래빗도 말했어.

"우리도 갈까, 아울?"

"잠깐만 기다려."

아울은 이제 막 다시 모습을 드러낸 알림판을 집어들었어.

이요르는 모두들 물러나라는 듯이 앞발을 휘휘 저었지.

"크리스토퍼 로빈하고 나하고 *짧은 산책*을 할 거야. *바글바글 몰려다니기*는 사양이야. 크리스토퍼 로빈이 푸랑 피글렛을 데려가고 싶다면 기꺼이 동행하겠지만, 나도 *숨쉬기*는 해야지."

래빗은 남아서 뭔가 책임을 맡게 되어서 오히려 기뻤지.

"좋아. 우리는 계속해서 짐들을 빼낼게. 자, 그럼 티거, 밧줄이 어디 있지? 아울, 왜 그래?"

아울은 새집 이름이 엉망으로 번진 걸 이제 막 발견하고는 이요르 쪽을 향해 말없이 준엄하게 헛기침을 했어. 이요르는 엉덩이에 **우알처소**를 거의 그대로 써넣은 채로 친구들과 함께 의기양양하게 가버렸지.

그렇게 잠시 뒤에 넷은 이요르가 찾아낸 집에 도착했단다. 도착하기 몇 분 전부터 피글렛이 푸 옆구리를 쿡 찌르고 푸가 피글렛 옆구리를 쿡 찌르면서 "맞아!", "그럴 리가!", "정말이라니까!" 하는 대화를 주고받았지.

그리고 그곳에 도착했는데, 정말 맞았어.

이요르는 자랑스럽게 피글렛네 집 앞에 멈추어 섰어.

"자! 이름도 달려 있고, 없는 게 없어!"

"아!"

크리스토퍼 로빈은 웃어야 할지 어떻게 해야 할지 망설였지.

"아울한테 딱 맞는 집이지. 꼬마 피글렛, 그렇지 않니?"

그런데 그때 피글렛이 숭고한 행동을 했어. 마치 꿈속에 있는 것처럼 그렇게 행동하는 동안 피글렛은 푸가 노래하면서 자기한테 붙여준 온갖 멋진 말들을 떠올렸단다.

피글렛은 장엄하게 말했어.

"그래, 아울한테 꼭 맞는 집이야. 나도 아울이 여기서 아주 행복했으면 좋겠어."

그러고 나서 피글렛은 침을 두 번 삼켰어. 왜냐하면 피글렛 자신도 이 집에서 아주 행복했으니까.

이요르는 뭔가 잘못됐다는 느낌을 받고 조금 불안한 마음으로 물었어.

"네 생각은 어때, 크리스토퍼 로빈?"

크리스토퍼 로빈은 먼저 물어볼 말이 있었는데, 그걸 어떻게 물어볼까 궁리하고 있었지. 마침내 이렇게 말했어.

"글쎄. 정말 멋진 집이다. 집이 바람에 쓰러지면 어디 다른 데로 가야 하잖아. 그렇지, 피글렛? 만약 너희 집이 쓰러지면 넌 어떻게 할 거니?"

피글렛이 무슨 생각을 할 겨를도 없이 푸가 대신 대답했단다.

“우리 집에 와서 나랑 같이 살 거야. 그렇지, 피글렛?”

피글렛은 푸의 발을 꽉 붙잡았어.

“고마워, 푸. 나도 정말 그러고 싶어.”

10

크리스토퍼 로빈과 푸를 마법의 장소로 보내 주었어요

크리스토퍼 로빈은 떠날 예정이었어. 크리스토퍼 로빈이 왜 떠나는지는 아무도 몰랐어. 어디로 가는지도 몰랐지. 사실 크리스토퍼 로빈이 떠난다는 걸 자기가 왜 알고 있는지조차 아무도 몰랐단다. 하지만 어쨌든 숲속 친구들 모두가 마침내 그 일이 일어나고 있다고 느꼈어. 래빗의 **친친**들 가운데 **가장작은아이**는 '크리스토퍼 로빈이라면 언젠가 발을 한 번 본 적이 있는 것 같은데, 사실 발이 아니라 뭔가 다른 것일 수도 있기 때문에 확실한 건 아니야'라고 말하는 친구였지. 그런데 이 가장작은아이조차 '*상황이 달*

라질 거야' 라고 생각했어. 그리고 또 다른 **친친**들인 **일찍**하고 **늦게**는 서로 "**일찍**이야?", "**늦게**야?" 하는 말을 주고받았는데, 그 말투에서 아무런 희망도 찾아볼 수가 없는 게 실은 어떤 대답도 전혀 기다리는 것 같지 않았어.

하루는 더 이상 기다리기 힘들다고 생각한 래빗이 궁리 끝에 공고문을 써 붙였지. 이런 내용이었어.

전부 푸 모퉁이 집에서 만나 왼쪽부터 순서대로 서명한 결이문*을 통과시키기 위한 회의를 공고함 래빗

래빗이 공고문을 두 번, 세 번 다시 쓴 다음에야 **결이문**이라는 단어가 처음 쓰기 시작할 때 생각했던 그 모양과 비슷하게 나왔어. 하지만 마침내 완성한 다음에는 공고문을 들고 친구들 집을 전부 돌면서 내용을 읽어 주어야 했지. 친구들은 모두 가겠다고 했어.

그날 오후, 이요르는 자기 집으로 모여드는 친구들을 보면서 말했어.

* 래빗이 '결의문'을 '결이문'으로 잘못 썼다.

"글쎄, 깜짝 놀랄 일이군. 나도 가는 건가?"

래빗은 푸에게 소곤댔어.

"이요르 말은 신경 쓰지 마. 오늘 아침에 내가 이요르한테 다 얘기했어."

친구들은 이요르에게 "잘 지냈지"라고 인사하자 이요르는 못 지냈다고, 신경 쓰지 말라고 말했고, 모두들 자리에 앉았어. 전부 자리에 앉자마자 래빗이 다시 있어났지.

"모두들 우리가 왜 여기에 모였는지 알겠지만, 난 내 친구 이요르에게 부탁해서……."

이요르가 말했어.

"바로 나야. *위대한* 이요르."

"이요르에게 부탁해서 결이문을 제출해 달라고 했어. 자,

그럼 이요르."

그렇게 말하고 래빗은 다시 자리에 앉았어.

이요르는 천천히 일어났어.

"*날 다그치지 마*. 나한테 *자 그럼* 하지 마."

이요르는 귀 뒤에서 종이를 한 장 꺼내 펼쳤어.

"이건 아무도 모르지. 이건 *깜짝* 선물이야."

이요르는 거드름을 피우며 헛기침을 했어.

"*그런저런 기타* 등등 여러분, 말을 하기에 앞서, 아니면 마치기 전에라도 말해 두자면, 여러분에게 읽어줄 *시*가 한 편 있어요. *종래*까지는…… 종래까지는…… 단어가 복잡한데 무슨 뜻이냐면…… 뭐, 무슨 뜻인지 직접 들어보면 알거예요. 종래까지는, 내가 늘 말하는 바지만 *숲에서 시* 하면 모두 *푸*, 그러니까 *태도는 유쾌하지만 머리는 흠칫 놀랄*

*만큼 나쁜 곰돌이*가 쓴 것들뿐이었지요. 지금 내가 여러분 앞에서 곧 읽게 될 시는 *이요르*, 그러니까 *내가 몹소 고요한 순간에 쓴 것*이에요. 누가 루 알사탕 좀 치워 줘요. 아울도 깨우고. 이제 우리 모두 그 시를 즐길 수 있답니다. 나는 이걸 이렇게 부르지요…… *시*."

그 시는 이거였어.

크리스토퍼 로빈이 떠나고 있어.
적어도 내 생각엔 그래.
어디 가냐고?
아무도 모르지.
하지만 그는 떠나고 있어.
내 말은 그가 간다는 뜻이지.
('모르지' 하고 운을 맞추려고)
우리가 신경 쓰냐고?
('어디 가냐고' 하고 운을 맞추려고)
신경 쓰지
아주 많이.
(두 번째 줄에 '그래'는

아직 운을 찾지 못했어.

귀찮아)

(이젠 귀찮아도 운을 맞춰야 하네.

귀찮아)

이 두 귀찮아가 서로

운이 맞을 거야.

귀찮다구

사실은 이거 너무 어려워

내 생각보다 더.

나 아무래도

(참으로 아주 좋아)

나 아무래도

처음부터 다시 해야겠어.

하지만 더 쉬운 건

끝내는 거지.

크리스토퍼 로빈, 안녕.

나는

(좋아)

나는

그리고 네 친구 모두와

보낸다.

내 말은 네 친구 모두가

보내는 거라고.

(이 부분 너무 어색해. 계속

잘못 가고 있어)

그러니까, 어쨌든, 우리는 보낸다.

우리의 사랑을.

끝.

이요르는 시를 다 읽고 나서 말했어.

"혹시 누구든 박수를 치고 싶다면, 바로 지금이 칠 때야."

친구들은 모두 박수를 쳤어.

"고마워. 예상 못했는데 흡족하네. 박수 소리가 좀 약하긴 하지만."

"내가 지은 거보다 훨씬 나아."

푸는 감탄하면서 말했는데, 그건 진심이었어.

이요르는 겸손하게 설명했어.

"글쎄, 그러려고 한 거야."

래빗이 말했어.

"이 결이문에 우리가 모두 서명해서 크리스토퍼 로빈한테 가져다주는 거야."

그래서 **푸우, 피글렛, 우알, 에오르, 래빗, 캥거,** 하다 못해

얼룩,

 **번진 자국**까지 서명을 마쳤지.

모두 같이 결이문을 들고 크리스토퍼 로빈네 집으로 향했어. 크리스토퍼 로빈이 인사했지.

"모두들 안녕. 푸, 안녕."

모두들 "안녕" 하고 인사를 하는데 갑자기 어색하고 슬퍼졌단다. 왜냐하면 지금 한 인사는 작별 인사 비슷한 거잖아. 어느 누구도 그걸 떠올리고 싶진 않았거든. 그래서 친구들은 우두커니 서서 누구 다른 친구가 먼저 입을 떼기만 기다리다가, 서로 옆구리를 쿡쿡 찌르며 "빨리"라고 재촉했어. 이요르는 계속 옆구리를 찔려서 조금씩 앞으로 밀려 나왔고,

다른 친구들은 이요르 뒤에 바짝 붙어 섰어.

크리스토퍼 로빈이 물었어.

"이요르, 그게 뭐야?"

이요르는 꼬리를 좌우로 휙휙 흔들어대며 용기를 끌어 모은 다음 말했지.

"크리스토퍼 로빈, 우리가 온 건 너한테 할 말이…… 줄 게 있어선데…… 이게 뭐냐 하면…… 이걸 쓴 건…… 그렇지만 우리도 다…… 왜냐하면 우리도 들었거든. 그러니까 내 말은 우리도 다 안다고…… 어쨌든, 알겠지만, 그게…… 우린…… 너를…… 그러니까, 최대한 간단히 말하면, 이게 바로 그거야."

이요르는 화난 얼굴로 다른 친구들을 돌아보고는 말했어.

"이 숲에선 모두들 너무 바짝 붙어 있지. 발 디딜 틈이 없다니까. 이렇게 많은 동물들이 이렇게 *널찍하니* 퍼져 있는 건 살면서 처음 보네. 그런데 전부들 장소를 잘못 잡았어. 너희들 크리스토퍼 로빈이 혼자 있고 싶어 하는 거 안 보이니? 난 갈게."

그렇게 이요르는 쌩하게 가버렸어.

다들 자기가 왜 그러는지도 모르면서 슬금슬금 뒤로 물러나기 시작했지. 크리스토퍼 로빈이 *시*를 다 읽은 다음 고개를 들고 "고마워"라고 말했을 때, 그 자리에는 푸만 혼자 남아 있었단다.

크리스토퍼 로빈은 종이를 접어서 주머니에 넣었어.

"이걸 받으니 마음이 편해져. 푸, 가자."

크리스토퍼 로빈은 빠르게 걷기 시작했어.

"우리 어디 가는 건데?"

푸는 서둘러 그 뒤를 따라갔어. 이게 탐험이 될지, 아니면 '*나 있잖아 어떻게 하지?*' 하는 일이 될지 궁금했지.

크리스토퍼 로빈은 말했어.

"아무 데도."

그래서 둘은 거기로 가기 시작했어. 조금 걷다가 크리스토퍼 로빈은 물었지.

"푸, 네가 이 세상에서 제일 좋아하는 건 뭐야?"

"음, 내가 제일 좋아하는 건……."

푸는 말하다 말고 생각을 해야 했단다. 꿀을 먹는 것도 정말 좋아하는 일이긴 했지만, 막상 먹기 전에 더 좋은 그런 순간이 있었거든. 그런데 푸는 그걸 뭐라고 표현해야 할지 몰랐지. 그리고 또 푸는 생각했어. 크리스토퍼 로빈이랑 같이 있는 것도 아주 좋아하는 일이었고, 피글렛과 함께 있는 것도 스스럼없이 좋은 일이었지. 그래서 푸는 이런 것들을 전부 떠올려 본 다음 말했어.

"내가 세상에서 제일 좋아하는 건, 내가 피글렛이랑 같이 널 만나러 가서 네가 '뭐 좀 먹을래?'라고 물어보면 내가 '글쎄, 나는 뭔가 조금 먹어도 괜찮을 것 같은데, 그렇지, 피글렛?'이라고 하는 거야. 밖은 즐겁고 한가로운 그런 날이고 새들도 노래하고."

크리스토퍼 로빈은 말했어.

"나도 그런 거 좋아해. 하지만 내가 제일 좋아하는 건 **아무것도 안 하는 거**야."

푸는 한참 동안 생각하다가 물었어.

"아무것도 안 하는 건 어떻게 하는 거야?"

"글쎄, 내가 막 그러려고 하는데 사람들이 나를 부르면서 '*크리스토퍼 로빈, 너는 뭘 할 거야?*' 하고 물으면 '*아, 아무것도*'라고 대답한 다음 그걸 하는 거야."

"아, 그렇구나."

"지금 우리가 하는 게 바로 아무것도 안 하는 거랑 비슷한 거야."

"아, 그렇구나."

"그냥 계속 걸으면서, 들리지 않는 것들에 귀를 기울이고, 애쓰지 않는 거 말이야."

"아!"

둘은 계속 걸으면서 이런저런 생각들을 하다가, 곧 마법에 걸린 장소가 있는 숲 꼭대기에 다다랐어. 갤리언 골짜기라고 하는 그곳에는 나무 예순 몇 그루가 둥글게 원을 그리며 자라나 있었지. 크리스토퍼 로빈은 그곳이 마법에 걸린 장소라는 걸 알고 있었단다. 왜냐하면 그곳의 나무가 예순세 그루인지, 아니면 예순네 그루인지 아무도 셀 수가 없었거든. 셈을 한 나무마다 하나하나 끈을 묶으면서 한 바퀴를 빙 돌아도 결과는 마찬가지였어. 마법에 걸린 그곳은 땅도 숲의 다른 곳들과 달랐어. 가시금작화와 고사리와 히스 대신 잔잔하고 보드라운 초록빛 잔디가 빽빽하게 깔려 있었지. 숲에서 유일하게 아무 데나 앉을 수 있는 곳이기도 했어. 앉자마자 벌떡 일어나서 다른 자리를 찾아보아야 할 일도 없었고. 그곳에 앉아 있으면 온 세상이 펼쳐져 하늘과 맞닿는 곳까지 한눈에 들어왔고, 그 안에 무엇이 담겨 있든 온 세상이 갤리언 골짜기로 들어와 그 둘 곁에서 끝이 났지.

갑자기 크리스토퍼 로빈은 푸에게 몇 가지 이야기를 해 주기 시작했어. 왕과 여왕이라는 사람들에 대해, 인수*에 대해, 유럽이라는 곳에 대해, 바다 한가운데 있어서 어떤 배도 가본 적 없는 섬과 흡인펌프를 만드는 방법(만들고 싶을

* 수학의 인수(factor)를 말한다.

경우)과 기사가 작위를 받을 때의 모습과 브라질에서 건너 온 것들 등등에 대해. 그러면 푸는 예순 몇 그루 나무 가운데 한 나무에 등을 기대고 두 앞발을 앞으로 모은 채 "와!",

"난 몰랐어" 같은 말을 하면서 이런 이야기를 들려줄 수 있는 진짜 머리가 있다면 얼마나 멋질까 생각했지. 금세 할 이야기들이 동나자 크리스토퍼 로빈은 말없이 앉아서 세상

을 내다보면서 저기에는 끝이 없기를 바랐어.

그런데 푸도 생각을 하고 있었어. 그러다가 불쑥 크리스토퍼 로빈에게 말했지.

"네가 말한 간식*이 된다는 건 아주 장엄한 일이야?"

크리스토퍼 로빈은 다른 뭔가에 유심히 귀를 기울이면서 멍하니 말했어.

"뭐가 된다고?"

"말 타는 거."

"기사 말이야?"

* 푸가 '기사(Knight)'를 '밤(Night)'으로 오해하고 '오후(Afternoon)'와 혼동한 다음 '오후의 간식'을 떠올렸다.

"아, 그게 그거였어? 난 또 그게…… 그게 왕이랑 인수랑 네가 말한 다른 것들만큼 장엄해?"

"글쎄, 왕만큼 장엄하지는 않아."

크리스토퍼 로빈은 그렇게 말했다가, 푸가 실망한 것 같아서 얼른 덧붙여 말했어.

"그렇지만 인수보다는 더 장엄해."

"곰돌이도 그게 될 수 있어?"

"당연히 될 수 있지! 내가 널 그렇게 만들어 줄게."

크리스토퍼 로빈은 나뭇가지 하나를 가져와서 푸의 어깨 한 쪽에다 대고 말했어.

"일어서시오, **푸 드 곰돌이 경**, 나의 가장 충직한 기사여."

푸는 일어섰다가 앉으면서 "감사합니다" 하고 말했어. 기사가 되었을 땐 이렇게 말해야 하는 법이란다. 그러고 나서 푸는 다시 꿈속으로 빠져들었어. 푸와 **후빈폼프 경**과 **브라질 경**과 **인수**들이 말 한 마리와 함께 살았는데, 모두 훌륭한 크리스토퍼 로빈 왕에게 **충직한 기사**들(말을 돌보는 인수들은 빼고)이었지…… 이따금씩 푸는 고개를 저으면서 "이게 아닌데"라고 중얼거렸어. 그러다가 이런 생각이 들었지. 그게 어디든 크리스토퍼 로빈이 이제 가려고 하는 곳에서 돌아왔을 때 얼마나 많은 이야기들을 들려주고 싶어 할까. 머리가 아주 나쁜 곰이 그 이야기를 제대로 알아들으려면 얼마나 헷갈리고 뒤죽박죽이 될까. 푸는 서글퍼졌어. "그래서 어쩌면 크리스토퍼 로빈은 나한테 더 이상 이야기하지 않을지도 몰라." 그러면서 충직한 기사가 된다는 건 아무런 이야기를 듣지 못해도 계속 충직한 걸 말하는 건지 궁금해졌어.

그때 갑자기 두 손으로 턱을 괴고 가만히 세상만 바라보던 크리스토퍼 로빈이 큰 소리로 말했어.

"푸!"

"응?"

"이제 내가…… 앞으로…… 푸!"

"왜, 크리스토퍼 로빈?"

"난 더 이상 *아무것도 안 하는 걸* 하지 않게 될 거야."

"두 번 다시 절대로?"

"글쎄, 아마 절대로. 사람들이 그렇게 내버려두지 않거든."

푸는 크리스토퍼 로빈이 계속 말하기를 기다렸지만, 크리스토퍼 로빈은 다시 입을 다물었어.

푸는 다음 말을 해달라는 듯이 말했어.

"응, 크리스토퍼 로빈?"

"푸, 이제 내가…… 알잖아…… 내가 *아무 일도 안 하는 걸* 하지 않게 되면, 네가 가끔 여기 올라올래?"

"나 혼자?"

"그래, 푸."

"너도 여기 있을 거야?"

"그래, 푸. *정말로* 그럴게. 그러겠다고 *약속할게*, 푸."

"잘됐다."

"푸, 나를 잊지 않겠다고 *약속해*. 영원히, 내가 백 살이 돼도."

푸는 잠깐 생각을 해보았어.

"그럼 난 몇 살이 되는데?"

"아흔아홉 살."

푸는 고개를 끄덕였어.

"약속할게."

크리스토퍼 로빈은 여전히 세상만 하염없이 바라보면서, 손을 내밀어 더듬더듬하며 푸의 앞발을 찾았어.

크리스토퍼 로빈은 진지하게 말했어.

"푸. 만약에…… 만약에 내가 완전히……."

크리스토퍼 로빈은 하던 말을 멈추었다가 다시 말했지.

"푸, *무슨 일*이 일어나든 넌 이해할 거야. 그렇지?"

"뭘 이해해?"

"아, 아무것도 아니야."

크리스토퍼 로빈은 크게 웃음을 터뜨리고는 벌떡 일어섰어.

"가자!"

"어디로?"

크리스토퍼 로빈은 말했어.

"어디로든."

그렇게 둘은 길을 떠났어. 하지만 둘이 어디로 가든지, 그리고 가는 길에 둘에게 무슨 일이 일어나든지, 숲 꼭대기에 있는 그 마법의 장소에선 언제나 작은 남자아이와 그 아이의 곰돌이가 놀고 있을 거란다.

세상에서 가장 유명한 곰돌이, 푸

디즈니 애니메이션으로 더 유명한 곰돌이 푸는 사실 영국 런던 조금 아래 이스트서식스 지역에 위치한 하트필드에서 태어났다. 저자 앨런 알렉산더 밀른은 1920년 아들 크리스토퍼 로빈 밀른이 태어나자 1925년에 하트필드의 아담한 시골집 코치포드 팜을 사들여 이곳에서 아들과 함께 주말과 휴일을 보내며 자주 산책을 나갔던 애시다운 포레스트를 무대로 곰돌이 푸의 원작인 《위니 더 푸》와 《푸 모퉁이에 있는 집》을 탄생시켰다.

1903년에 케임브리지대학교를 졸업한 밀른은 간간이 글을 기고하던 문예 잡지 《펀치》지의 편집자로 일하면서 해학적인 시와 재치 있는 에세이를 싣고, 극작가와 소설가로도 여러 작품을 남기는 등 왕성한 활동을 하던 작가였다. 아들 크리스토퍼 로빈 밀른이 태어난 뒤에는 아이들을 위한 시와 이야기를 쓰기 시작해서 1924년 동시를 엮은 《When We Were Very Young》을 발표하기도 하였다. 《위니 더 푸》는 그의 아들 로빈이 가장 좋아했던 봉제 곰 인형과 다른 동물 인형들을 가지고 엄마와 놀이를 하는 모습에서 영감을 받아 집필을 시작했다고 한다. 코치포드 팜에서 주말마다 아들과 함께 거닐던 애시다운 포레스트는 100에이커 숲이 되고, 숲 언저리로 흐르던 강 위의 나무 다리는 푸 막대기 놀이를 하는 푸 다리가 되었다. 숲속 오래된 호두나무는 푸의 집이 되었다. 후일 크리스토퍼 로빈 밀른이 회고한 바에 따르면, 푸와 피글렛이 히파럼프를 잡기 위해 함정을 팠던 여섯 그루 소나무도, 이요르가 사는 우울한 장소도, 크리스토퍼 로빈이 친구들을 떠나는 갤리언 골짜기와 마법에 걸린 장소도 모두 하트필드 그 자체라고 할 만큼 똑같다고 한다. 푸 이야기는 아버지가 어린 아들이 실제로 몸담았던 공간에서 아들이 사랑하는 인형들이 펼치는 재미난 모험을 이야기로 들려주는, 아들을 위한 선물과도 같은 작품이었다.

어린 아들을 위한 종합 선물 세트였던 푸 이야기

크리스토퍼 로빈 밀른은 어려서부터 성격이 매우 섬세하고 수줍음을 많이 탔다. 밖에서 뛰어 놀기보다는 집 안에서 얌전히 사색하기를 좋아했다. 그런 로빈이 외출을 반기던 곳 중 하나가 런던 동물원이었는데, 동물원에서 만나는 여러 동물들 가운데 특히 캐나다에서 온 흑곰을 매우 좋아했다. 이 흑곰은 제1차 세계대전

당시 유럽으로 파병을 온 캐나다 군인 해리 콜번이 어미 잃은 아기 곰을 발견하고 영국으로 데려온 것이었는데, 콜번의 고향인 캐나다 위니펙에서 이름을 따와 위니라고 불렀다. 위니는 콜번의 부대원들 사이에서 부대의 마스코트처럼 여겨지며 사랑을 받았으나, 이 부대가 프랑스로 전장을 옮기면서 런던 동물원에 기탁되었고, 전쟁이 끝난 뒤에는 정식으로 동물원에 기증되었다.

로빈의 곰 인형은 원래 이름이 에드워드였으나 밀른은 에드워드 대신 로빈이 좋아했던 흑곰의 이름인 위니와, 로빈이 좋아했던 또 다른 동물인 백조 이름 푸를 빌려와 '곰돌이 위니 더 푸*'라는 이름을 만들었다. 그리고 크리스토퍼 로빈의 다른 동물 인형인 아기 돼지 피글렛, 당나귀 이요르, 엄마 캥거와 아기 루, 호랑이 티거를 푸의 친구들로 등장시키고, 상상력을 발휘하여 만들어낸 토끼 래빗과 올빼미 아울까지 더하여 개성 강한 캐릭터들이 마음 따뜻하고 유쾌한 소동을 벌이는 걸작 이야기를 완성했다. 푸 원작에서 빼놓을 수 없는 삽화는《펀치》지에서 함께 일하던 동료 어니스트 하워드 셰퍼드가 자신의 아들이 가지고 놀던 곰돌이 인형을 모델로 그린 것이다.

* '위니 더 푸'가 정확한 이름이나, 한국에서는 이미 '푸'라는 이름으로 알려졌기에 이 책에서도 '위니 더 푸'와 '푸'를 병용했다.

작품과 명암이 교차했던 밀른 가족 이야기

밀른이 1925년 크리스마스이브에 《런던 이브닝 뉴스》를 통해 〈The Wrong Sort of Bees〉라는 단편 에피소드로 처음 곰돌이 푸를 세상에 선보인 이후, 1926년과 1928년에 각각 책으로 엮여 출판된 푸 이야기 1권과 2권은 순식간에 수많은 아이들의 인기를 얻었다. 귀여운 캐릭터 삽화가 상상력을 부추기는 엉뚱한 에피소드들은 어른들의 마음까지 한순간에 사로잡았다. 그러나 푸 이야기가 이렇게 대대적인 성공을 거두면서, 밀른의 가족은 밝고 유쾌한 작품과 달리 외롭고 불행한 긴 터널로 접어든다.

밀른 자신은 극작가로 왕성하게 활동하면서 탐정 소설을 쓰고 싶다는 꿈을 갖고 있었는데, 푸 이야기가 성공을 거두자 여러 갈래로 쏟아져 들어오는 독자들의 기대에 부응하기 힘들다고 생각하여 앞으로 동화는 쓰지 않겠다고 선언한다. 사랑하는 아들을 위해 썼던 작품이지만, 그 작품 때문에 아들과도 소원해지게 된다. 본의 아니게 유명세를 치르게 된 크리스토퍼 로빈 밀른은 그를 소설 속 주인공과 동일시하는 세간의 관심에 갇혀 평범한 어린 시절을 빼앗긴 채 작품 속 캐릭터들에게 애증의 감정을 품고 평생을 살아갔다. 동화 속에서는 아버지에게 이야기를 해달라고 조르고 목욕도 같이 하자고 청하는 평범한 소년이었지만, 실제로는 일을 하느라 바빠진 부모를 만나기 힘들어 생일조차 혼자 보내야 했던 외로운 아이였다. 로빈은 부모에 대한 원망으로 가족

과는 점점 멀어졌고, 결혼하면서는 멀리 북동부에 위치한 다트머스로 터전을 옮겨 서점을 열었다. 밀른이 코치포드 팜에서 지병으로 사망한 뒤로는 어머니와 왕래를 끊었는데, 어머니 역시 임종의 순간까지도 아들과 만나기를 거부했다고 한다. 후일 로빈은 푸 캐릭터가 상업적으로 이용되는 것을 원하지 않는다며 가지고 있던 인형들을 출판사 편집자에게 선물했다. 인형들은 이 편집자가 뉴욕 공립도서관에 기증하여 현재까지도 이곳에 전시되어 있다. 그러나 푸 이야기의 캐릭터 저작권들은 밀른 사후에 유족을 비롯한 네 개 단체에 분배되었고, 밀른의 아내가 보유했던 권리가 미국의 애니메이션 제작자 스테판 슬레진저를 거쳐 월트디즈니사로 넘어가면서 현재는 디즈니사가 모든 저작권을 영구적으로 매입한 상태다.

그래도 여전히, 숲속 놀이터를 뛰노는 푸와 친구들의 이야기

밀른은 아버지로서 부족한 부분이 많았지만 아들을 사랑했다. 또 재치 있게 글을 쓸 줄 아는 작가일 뿐만 아니라, 인간관계를 이해하고 내면의 세계를 성찰하여 가장 순수한 언어로 옮겨 쓸 줄 아는 작가였다. 머리 나쁜 푸가 어떤 곡해도 없이 세상을 받아들이고 긍정할 때, 겁쟁이 피글렛이 조용히 용기를 낼 때, 이요르가 냉소적으로 세상을 푸념할 때, 단순해 보이지만 동물 친구들의 진심이 묻어나는 대화들은 지금까지도 많은 사람들이 인용하고 곱씹어볼 만큼 깊은 울림을 준다. 아버지로서 아들에게 들려주고 싶은 진심이 아니었다면 푸 이야기는 이렇게 아름다운 작품으로 탄생하지 못했을 것이다. 그리고 아마도 얕은 듯 깊고 가벼운 듯 묵직한 이러한 울림을 간직한 덕에 이 작품이 이토록 오랫동안 어른과 아이 할 것 없이 사랑받는 고전으로 남을 수 있었을 것이다.

이야기 말미에 크리스토퍼 로빈은 숲을 떠난다. 크리스토퍼 로빈 밀른이 코치포드 팜을 떠나 기숙학교로 가야 했듯이, 누구나 어린 시절을 떠나 세상이 필요로 하는 질서와 관념을 익히는 또 다른 세계로 건너간다. 그러나 숲속 놀이터는 언제나 그 자리에 있다. 재미난 놀이에 뛰어들고 싶은 아이들을 위해, 손을 뻗으면 잡을 새도 없이 사라지고 마는 꿈을 영원히 기억해 두고 싶은 어른들을 위해. 이 책은 그런 사람들을 위한 숲이다.

1882년 앨런 알렉산더 밀른은 영국 런던에서 태어났다.

1890년~ 어렸을 때, H. G. 웰즈에게 가르침을 받아 큰 영향을 받았다. 공립학교 웨스트민스터 및 케임브리지대학교 트리니티칼리지에서 교육을 받았다.

1903년 케임브리지대학교 트리니티칼리지를 졸업했다.

1906년 학생 시절부터 학내 잡지에 시나 수필을 투고했으며, 대학 시절 영국의 유머 잡지 《펀치》에 투고해, 편집 조수가 되었고 이후 작가로 독립하였다. 후에 《펀치》지 편집부의 일원이 되어, 해학적인 시와 기발한 평론들을 썼다.

1913년 도로시 다핀 드 셀린코트와 결혼했다.

1919년 제1차 세계대전 후에는 풍자적이고 해학적인 작품을 쓰는 작가로 널리 알려지게 되었으며, 희곡 《핌씨 지나가시다》를 집필했다.

1920년 그의 아들인 크리스토퍼 로빈 밀른이 태어났다.

1921년 《블레이즈의 진실》을 집필했다.

1922년 《도버 가도》를 집필했으며, 《붉은 저택의 비밀》이라는 소설도 집필했는데 이는 불안감과 긴장감을 살리면서도 유머러스하게 사건이 전개되는 작품으로 그의 유일한 장편 추리소설이다.

1924년 《우리가 아주 어렸을 때》를 출간했다.

1926년 크리스토퍼 로빈의 동물 인형인 곰돌이 푸, 회색 당나귀, 캥거와 아기 루, 아기 돼지 등을 모두 의인화시켜 익살스럽고 유쾌하게 풀어낸 공상 동화인 《곰돌이 푸(Winnie-the-Pooh)》를 출간했다.

1927년 《우린 이제 여섯 살이야》를 출간했다.

1928년 《푸 모퉁이에 있는 집》을 출간했다.

1929년 무대 공연을 위해 아동 명작인 케네스 그레이엄의 《The Wind in the Willows》를 《Toad of Toad Hall》로 각색했고 10년 뒤 자서전《It's Too Late Now》를 집필, 출간했다.

1930년 《마이클과 메리》(1930) 등과 같은 몇 편의 가벼운 희극으로 상당한 성공을 거두었다.

1956년 1월 74세로 세상을 떠났다.

옮긴이 박혜원

심리학을 전공했고, 현재는 전문번역가로 활동 중이다. 《퀸 (40주년 공식 컬렉션)》, 《브라이언 메이 레드 스페셜》, 《곰돌이 푸1 : 위니 더 푸》, 《곰돌이 푸2 : 푸 모퉁이에 있는 집》, 《빨강 머리 앤》, 《에이번리의 앤》, 《레드먼드의 앤》, 《이매지닝 앤》, 《소공녀 세라》, 《엄마 찾아 삼만리》, 《시크릿 가든》 등을 번역했다.

푸 모퉁이에 있는 집

1928년 오리지널 초판본 표지디자인

초판 1쇄 펴낸 날 2024년 1월 31일

지은이 앨런 알렉산더 밀른
그린이 어니스트 하워드 셰퍼드
옮긴이 박혜원
펴낸이 장영재
펴낸곳 (주)미르북컴퍼니
자회사 더스토리
전 화 02)3141-4421
팩 스 0505-333-4428
등 록 2012년 3월 16일(제313-2012-81호)
주 소 서울시 마포구 성미산로32길 12, 2층 (우 03983)
E-mail sanhonjinju@naver.com
카 페 cafe.naver.com/mirbookcompany

* (주)미르북컴퍼니는 독자 여러분의 의견에 항상 귀 기울이고 있습니다.
* 파본은 책을 구입하신 서점에서 교환해 드립니다.
* 책값은 뒤표지에 있습니다.

Eor
Kanga